本书由

浙江省文学艺术界联合会

湖州市文学艺术界联合会

中共长兴县委宣传部（县文联）

共同策划

起话共富

——从理论到实践的浙江探索

沈勇　杨医华◎主编

CFP 中国电影出版社
2024 · 北京

图书在版编目（CIP）数据

艺起话共富：从理论到实践的浙江探索 / 沈勇，杨医华主编. —北京：中国电影出版社，2024. 5
ISBN 978-7-106-05582-0

Ⅰ. ①艺… Ⅱ. ①沈… ②杨… Ⅲ. ①文艺理论—浙江—当代—文集 Ⅳ. ①I209. 955-53

中国国家版本馆CIP数据核字（2024）第028681号

责任编辑：张　霞
封面设计：龙　惠
版式设计：联创睿合
责任校对：滕　森
责任印制：孙　杉

出版发行　中国电影出版社（北京北三环东路22号）　邮编：100013
电话：64296664（总编室）　64216278（发行部）
64296742（读者服务部）　E-mail：cfpbjb@126. com
经　销　新华书店
印　刷　中国电影出版社印刷厂
版　次　2024年5月第1版
印　次　2024年5月北京第1次印刷
开　本　710mm × 1000mm　1/16
印　张　15.75
字　数　175千字
定　价　78.00元

序言一

绘就“艺术乡建”的华彩篇章

杨守卫

浙江省文联党组书记、副主席，书记处常务书记

推进中国式现代化，必须全面推进乡村振兴。

十多年前，浙江各地开启了“艺术乡建”的实践，用文艺方式激活乡村资源，赓续乡村文脉，丰富村民精神生活，助推乡村产业兴、环境美、百姓富、治理好。经过多年探索，“艺术乡建”取得了阶段性成效，呈现出自觉意识提升、参与主体多样、整体规模扩大、地方特色鲜明等特点，形成了多点开花、串珠成链的良好局面，推动乡村振兴、共同富裕的效应不断扩大。

在顶层设计上，浙江省委宣传部、省乡村振兴局、省文联在全国率先共同印发了《关于开展“艺术乡建”助力共同富裕的指导意见》。在具体实践中，全省实行文艺村长的行政村864个，艺术家驻村的行政村436个，文艺家协会结对村851个，常态化参与“艺术乡

建”的艺术家7000余人。同时，各地还招引全国知名艺术家及高校专业团队、文艺乡贤、文艺创客以及新文艺群体等，参与“艺术乡建”工作。省级文艺家协会累计创建“浙江书法村”142个、“国乐乡村”35个、“浙江摄影之乡”13个。杭州夯实基层基础助推艺术乡建，宁波实施“三年行动计划”，温州深入谋划“艺术乡建”温州样板，湖州将“艺术乡建”纳入“在湖州看见美丽中国”品牌打造，嘉兴开展“乡村悦心——艺术村落培育行动”，绍兴实施“三个一百”工程，金华创新“工作十法”打造“双十品牌”，衢州积极探索“艺术乡建”省级标准化试点，台州深入开展“乡村艺术季”系列活动，丽水实施“四个双百”工程赋能“两山”转化，舟山积极打造海洋民俗文化。可以说，浙江已初步探索出一条以艺术点亮乡村、助推乡村振兴的有效路径，“艺术乡建”的步伐越迈越稳健。

浙江“艺术乡建”的探索实践，引发全国高度关注，得到《人民日报》《中国艺术报》的大篇幅报道点赞。浙江“艺术乡建”的先行先试，首先，得益于“八八战略”的正确指引，得益于“千万工程”造就了浙江万千美丽乡村、造福了万千农民群众，具有坚实的经济社会基础。浙江以藏富于民著称，“仓廪实而知礼节”，物质的丰裕是“艺术乡建”的深厚土壤。其次，植根于“求真务实、诚信和谐、开放图强”的浙江精神。“艺术乡建”的推动者和实施者敢想、敢试、敢为天下先，探索出丰富的创新模式。再次，依托于浙江独有的地域特征。浙江村庄的自然禀赋、历史文脉千村千面，为因地制宜开展“艺术乡建”提供了可能。当然，这离不开全省各级文联的组织发动，广大艺术工作者的努力探索，农民群众的积极参与，以及社会各界的大力支持。

艺术乡建是一项系统工程，既要塑形也要铸魂，对其规律性的把握和实务性的创造还在路上。它不仅是一个实践问题，也是一个指向“人的自由而全面发展”的理论问题；不仅是一个“增强人民精神力量”的精神领域问题，也是一个涉及村民收入增长的物质领域问题；不仅需要考虑空间维度上处理人和环境的关系，也需要考虑时间维度上“传承发展，提升农耕文明”和“推进中国式农业农村现代化”的问题。今年3月，在省委宣传部、省乡村振兴局大力支持下，我们组织召开了首届题为“艺术乡建助力共同富裕”的研讨峰会，围绕艺术乡建为何、艺术乡建何为、艺术乡建如何为等理论和实践问题展开讨论，邀请全国知名专家学者与我省基层一线的工作者对话，共同探讨“艺术乡建”升级之路，形成了一批理论成果和典型案例。现将这些理论成果和典型案例结集出版，为各地文联持续深入推进“艺术乡建”提供借鉴参考。在“艺术乡建”先行先试的实践进程中，我们将定期举办这样的高端研讨活动，进行深入的理论研究，提炼出具有推广价值的好经验好做法，以更高远的视野、更自觉的行动、更系统的谋划来推动这项工作，为全国“艺术乡建”实践提供更多的浙江样本。

目前，我省“艺术乡建”已经实现从“找跑道、上跑道”到“对准跑道、加速奔跑”的转变，进入一个新的发展阶段。但也要清醒地看到，各地工作开展还不太平衡，谋划布局上还缺乏长远考虑，工作协同性还需要加强，村民参与度还不够高等。下一步，我们要以深化新时代“千万工程”为契机，开展“艺术乡建”省级标准化试点，以更强的战略定力、更新的思路打法，全力打造“艺术乡建”省域典范，实现由先行先试到先行示范、由艺术家为主体到以村民为主体、由单打独斗到协同作战、由传统模式到“数智”模式、由“盆景”到“风景”的整体跃升，在新时代“千万工程”新画卷上绘就“艺术乡建”的华彩篇章，让现代版“富春山居图”更加美丽耀眼、真实可感。

2023年8月

∫序言二

艺术和乡建，都是解决“人”的发展问题

许江

中国文联副主席、浙江省文联主席

浙江省文联、浙江省乡村振兴局等单位2023年3月24日至25日在湖州长兴举办了首届以“艺术乡建助推共同富裕”为题的研讨峰会。在国家大力推进乡村振兴战略的背景下，这引发了我对相关话题的许多思考。

2022年下半年，我到富春江采风，去到一个叫“青龙坞”的小山村。这个山村十分偏僻，来往的道路都是单行车道。但是山村独具魅力，群山环抱，绿树掩映，土墙黛瓦的房屋散落在山谷中。我们来到一座老房子，虽是老房子却有一个十几米高的大玻璃窗。面对青山，里边是一个书城。这个书城令我们振奋，同时我就在想：“在这样一个偏僻的山乡，书城如何维持？”我就问书城的经理，这个经理说：“许老师你跟我来。”他把我带到了书架之上。这个书

架原来是一座山，书架只是空壳，书架的里面是一个一个小房子，像一张张小床。原来，这个书架、这个书城是一个胶囊旅社，它就是向孩子们开放，让孩子们到这里来的。孩子们住在一个个如同一张张小床的小房里。整个书架有20多间这样的小房间，每个房间有一个名字。在叫“孤”的房间里，有《百年孤独》的一句名言。在叫“似”的房间里，有《追忆似水年华》的一句名句。孩子们特别高兴到这里来，他们既可以在这里像猴子上树一样玩，又可以“遭遇”大师。这个叫“放语空”的书城，给我留下很深的印象，让我感受到，今天在浙江，美丽乡村的建设、新农村的建设，已经走到了一定的深度。今年3月，在北京中华世纪坛，中国美术学院举办了主题为“大地之歌——2023美丽中国纪事”的展览。这个展览记录了美丽中国艺术乡建的一线实践者穿越山河大地、扎根现实土壤的创作与行为，展示了他们艺术创造的成果及其所形成的自为、共创的发展机制，通过探讨美丽中国的建设经验，为共同富裕而凝聚文化智慧。

在我所了解的许多案例中，往往会涉及技术与观念、资源与媒介、美育与认同、传统文化与当代价值等诸多话题。在进行大量调研和对一系列艺术乡建案例有了更深更细的了解后，我们也发现，多元的艺术乡建中，还存在一些亟待解决的问题。这些问题，可以归纳出艺术乡建的某些常见误区：

第一，目前存在着一些没有将“价值共创”作为基本出发点的艺术“伪乡建”。艺术家到那里去，其实是要搞自己的作品，这种现象，让艺术乡建止步于艺术家的个人创作，让乡建变成消费乡村、浪费公共资源的形式主义。没有为当地民众带来现实生活上的改善，是艺术乡建不可持续的一大原因。这种做法缺乏对村民“授之以渔”的意识，导致不能够建立起乡村自我循环的可持续机制。轰轰烈烈的乡建往往随着艺术家的离去戛然而止，乡村最终被“打回原形”。

第二，有些艺术乡建抱有善意的初衷，但是忽略了乡建策略特定的适用范围，误以为会有“医治百病”的方法，到处套用，盲从复制“明星”项目，导致不能因地制宜。我们现在的乡建，对象很不同，有空心村、老人村、华侨村等不同的类型，而同一种类型的乡建又有不同的发展阶段，因此需要根据不同阶段、不同类型来灵活调整艺术乡建的策略。一些实践者对多主体参与的认识不足、动员不足。乡建不是艺术家一个主体可以完成的，而是当地政府、企业、社会机构、村民，甚至游客共创的事业。艺术家的艺术行为必须通过更新观念和思想动员等实现，各方面的工作才能够创造出多主体协作的互动机制、互动空间。

第三，肤浅地理解“乡愁”而一味地“复古”，或者反过来把城市的审美、城市的社区、城市的设施简单地复制到乡村，导致乡村丧失了在地性和多样性。事实上，对当今乡村的“神化”和“妖魔化”都与过度城市化有关系。现代乡村问题需要用现代的办法来解决，更必须因地制宜地解决。在这里，城市与乡村、变革与继承、出新与本土必须联动融合，只有这样才能解决好这里面的问题。

第四，高校参加艺术乡建的思路很多还局限在学科的内部。实际上，今天的艺术乡建已经广泛动员，人类学、社会学、经济学、建筑学、设计学、艺术学等学科都可以成为乡建的“好工具”。但如何正确认识并且综合高效地使用这些“工具”，是新时代艺术乡建的重要命题。目前，很多艺术乡建还停留在项目的层面上，没能通过理论和实践的系统教育，来进行人才梯队的建设、专门人才的培养，也就无法实现艺术乡建策略的持续更新和迭代。因缺乏一个有效平台为各种艺术乡建实验及时地提出意见、共享经验、探索问题、协同工作，造成无法形成艺术乡建的“共同体”，以致无法实现模式方法的持续更迭，最终将使众多团队陷入无效的内卷。在乡建的过程中，不计成本、急于求成，调研思考缺少办法、流于形式，忽视乡村发展和项目运营的客观规律，这些都是今天普遍存在的问题。在今年全国两会上，我有一个提案，叫《艺建美丽乡村》。这个“艺”是艺术的“艺”，也就是艺术乡建促进美丽乡村建设，其中很重要的一点是像美术学院这类的高校，可以建立艺术乡建的专业方向。通过这个专业方向，把各种学科、各种专业整合到一起，围绕着艺术乡建进行探索。乡村变革、乡村建设的复杂问题，需要通过跨学科的系统思维来解决。成熟而在地的艺术乡建机制，仍然是我们今天艺术乡建的一个难点。

艺术需要在乡建中扎根，乡建需要艺术的深植。艺术和乡建归根到底都是解决人的发展问题。在这个“人”的大命题之下，更新对艺术乡建的认知，建立起信息流通、主体协同、区域融通、学科综合的有效机制是其中的重中之重。

原刊于《中国艺术报》

目　录

第一部分
理论研究

| 第二部分 |
实践案例

第一部分

理论研究

开启一扇观察中国农村现代化的文化窗口

周由强*

中国式现代化不仅是党的二十大以来各大媒体的高频词，它更是党领导全国各族人民在百年探索和实践中开创的康庄大道，是被实践证明了的强国建设、民族复兴的唯一正确的道路。中国式现代化已经成为科学社会主义的最新成果，不仅具有深厚的理论基础，而且具有深厚的实践基础，特别是进入新时代以来，党和国家的事业取得了历史性成就，发生了历史性变革，“五位一体”总体布局和“四个全面”战略布局的统筹协调推进，全面建成小康社会目标的如期实现，科教兴国战略、人才强国战略、乡村振兴战略等一系列重大战略的深入实施，使得中国式现代化的宏伟愿景更加清晰，实践推进更加科学，建设成果更加可感。具体到乡村振兴，更是从顶层设计到实践探索，都迈出了坚实的步伐，在浙江体现得最为显著，特别是艺术乡建的有益探索和全面推进具有重要的现实意义。

* 周由强：中国文联理论研究室主任。

我认为，艺术乡建是一幅美丽幽远的图画。如果大地已经给我们铺就了一幅“富裕”的山水画底色，那么我们从事艺术乡建就是在广袤乡村大地上进行精细的工笔画创作。下面，就艺术乡建看文艺如何推动乡村振兴，谈几点不成熟的看法，与大家交流。

一、胸怀全局，在中国式现代化的历史进程中找准工作定位

实现现代化是中国百年来最伟大也最难实现的梦想。乡村振兴是其中一篇必须写好但很难写好的锦绣文章。乡村兴则国家兴，乡村衰则国家衰。现在，农业农村仍然是我国现代化建设的最大短板，人均资源不足、底子薄、历史欠账较多。参与写好乡村振兴这篇大文章，文艺必须在中国式现代化的历史进程和历史逻辑中找到自己的工作定位，然后顺势而为，用心发力。

“农业农村现代化是实施乡村振兴战略的总目标，坚持农业农村优先发展是总方针，产业兴旺、生态宜居、乡风文明、治理有效、生活富裕是总要求，建立健全城乡融合发展体制机制和政策体系是制度保障。”在中共中央政治局第八次集体学习时，习近平总书记从全面建设社会主义现代化强国的高度，指出了实施乡村振兴战略的科学内涵，明确了推进农业农村现代化的思路、方向和着力点，为我们牢牢把握农业农村现代化这个总目标，准确理解农业农村现代化的时代要求，提供了根据和行动指南。从习近平总书记关

于乡村振兴战略的重要论述和有关指示批示看，促进乡风文明和精神富有，是艺术参与乡村建设最重要的两个着力点和发力点。乡村不仅是农业生产的空间载体，也是广大农民生于斯长于斯的家园故土，有无尽的乡情乡愁乡愿生在其中，滋养和沉淀了悠久的农耕文明。如何在参与乡村振兴中发挥艺术的力量，既让灿烂悠久的农耕文明的根脉生生不息，文化基因、美好品德传承弘扬，保持乡村社会形态完整有效，又要促进传统农耕文明和现代城市文明交相辉映，互补生辉、相得益彰，使广大农民内生出自信自强、昂扬奋进的精神力量，这是一道必须解答的现实课题。浙江的艺术乡建给我们找到了一个宝贵的答案。

浙江作为中国革命红船起航的地方，作为习近平新时代中国特色社会主义思想重要萌发地，作为中国改革开放和中国式现代化建设先行的地方，作为高质量发展建设共同富裕示范区，在推进中国式现代化上积累了丰富的经验，肩负着光荣的使命。习近平总书记和党中央赋予浙江高质量发展建设共同富裕示范区的政治任务，实际上是要求浙江在推进中国式现代化中率先破解共同富裕普遍性难题新题。我认为艺术乡建就是浙江在解决农村现代化这一难题给出的文化答案。浙江在充分理解和严格执行党和国家关于乡村振兴的战略部署意图基础上，在充分调研和科学论证的基础上，创造性地出台了《关于开展“艺术乡建”助力共同富裕的指导意见》，将艺术乡建纳入了全省经济社会发展特别是乡村振兴的全局之中，为文艺名正言顺参加乡村振兴找到了恰当的工作定位和展示空间。单就这个文件文本看，就是一个很好的样板。它既注重顶层设计的全面科学，思路清晰；又注重言之有物，现实可行，特别是“六大计划”能让政策落实落地。同时在组织设置上组成专班强力推进，在行动力量的集结上给予比较完整的政策配套，为发动全省文艺界和社会各界广泛参与提供了可靠的政策依据和组织保障。我们有理由相信，在浙江省委的统筹领导下，艺术乡建一定会充分发挥艺术的独特功能，在浙江大地上开出绚烂的花朵，将成为浙江在推进中国式现代化的新征程中打头阵、当先锋、作示范的重要窗口，在推进全国乡村振兴战略中书写出浓墨重彩的浙江篇章。

二、心系农民，在追求共同富裕的康庄大道上释放文艺能量

习近平总书记指出，“中国式现代化是全体人民共同富裕的现代化。共同富裕是中国特色社会主义的本质要求，也是一个长期的历史过程。我们坚持把实现人民对美好生活的向往作为现代化建设的出发点和落脚点，着力维护和促进社会公平正义，着力促进全体人民共同富裕，坚决防止两极分化”。这精辟阐明了我们推进现代化的根本目的和鲜明指向，凸显了中国式现代化的社会主义性质。共同富裕是我们党和国家矢志不渝的奋斗目标和人民群众的最切实的梦想。中国式现代化是人民群众物质生活和精神生活都富裕的现代化。我理解，“精神富裕”就是马克思所提出的“人自由而全面

的发展”，是人心灵上的净化、精神上的愉悦、意志上的坚定。我们古人讲“不以物喜，不以己悲”，与马克思所提出防止“人的异化”理论高度契合、异曲同工。人的全面发展更多指向人类精神层面不被物质所控制、所异化。

中国要实现全面现代化，重点在农村，难点也在农村。乡村振兴战略作为我国农村现代化的制度性安排，受益的主体是广大农民，工作的主要对象也应该是农民。艺术乡建，建设的是农村，收获的是农民的心，本质上仍然在做群众工作、做农民的工作。艺术乡建工作推进中，参与者都需要有浓浓的农民情怀，以平等的心态看待和对待他们，与他们融为一体，切忌高高在上、居高临下，否则会适得其反。浙江作为全国高质量发展共同富裕示范区，自觉主动解决城乡差距、收入分配差距，提出艺术乡建的良策，是下了一手发展战略上的先手棋。文艺能够启迪思想、温润心灵、陶冶情操，实现“精神共同富裕”，在凝心聚力方面具有明显优势。艺术乡建，从根本上体现了党在文化方面的初心使命、性质宗旨，体现了我国社会主义制度的优越性，有利于激发广大农民的积极性、主动性、创造性，有利于增强党在广大农村的凝聚力、向心力、号召力。

推进乡村振兴和农村现代化，不仅物质生活要富裕，精神生活也要富足。艺术乡建要同传承优秀农耕文化结合起来，同农民群众日用而不觉的共同价值理念结合起来，弘扬敦亲睦邻、守望相助、诚信重礼的乡风民风。同时应利用各种艺术形式，加强现代法治教育，引导农民办事依法、遇事找法、解决问题用法、化解矛盾靠法。农民作为乡村振兴的主体，常年受农村风俗的熏染，在形成现代文明意识方面有惰性，这是艺术乡建的难点之一。各地村庄格局风貌是历史上顺应地理、气候、人文条件延续而成的，在艺术乡建中，应敬畏历史、敬畏文化、敬畏生态，留住乡风乡韵乡愁。艺术乡建是为农民而建，要注重健全自下而上、农民参与的运行机制，多听群众意见，照顾农民感受，找准实际推动的具体办法，倡导性和约束性措施并举，让他们切身感受优秀艺术和现代文明的魅力，绵绵用力、久久为功、成风化俗，一定能见到好的效果。

三、情寄田园，在投身艺术乡建的美丽事业里丰富人生价值

习近平总书记强调，我国现代化是全体人民共同富裕的现代化，是物质文明和精神文明相协调的现代化。这要求浙江推进以人为核心的现代化、实现全体人民全面发展和社会全面进步的宏伟目标，要求浙江在伟大变革中发挥先行和示范作用。浙江省党代会提出，要高水平推进人的现代化，打造促进全体人民全面发展的高地。推动在共同富裕中实现精神富有，在现代化先行中实现文化先行，构建以文化力量推动社会全面进步的新格局，是时代赋予浙江文艺工作者的神圣使命。

人的现代化，落实到乡村振兴战略上，主要是指农民的现代

化，也就是我们最近几年提倡的新型现代农民，但也绝不仅仅是要求农村农民的现代化，同时也包含参与艺术乡建在内的所有人的现代化。《中共中央国务院关于实施乡村振兴战略的意见》指出，走中国特色社会主义乡村振兴道路，让农业成为有奔头的产业，让农民成为有吸引力的职业，让农村成为安居乐业的美丽家园。乡村振兴，乡风文明是保障。乡风文明主要体现在农民的精神风貌，文明乡风、良好家风、淳朴民风上。尽管田园风光优美怡人，但乡风文明才是农村家园最美丽的风景。农村美丽家园，不仅是农民朋友的家园，也是全体人民大众的家园。在城市化快速推进之前，中国的绝大多数人口都是农村人，即使现在城市化水平很高了，但是很大比例的城里人也是从广大农村走出来的。所以，在艺术乡建工作推进中，作为工作主体的文艺工作者，也应摆正心态，树立主人翁意识，建设美丽乡村就是建设美丽家园，切忌局外人心态。

乡风文明是人类文明的新形态，也是最古老的形态。乡村振兴，关键是提升农村农民的现代化和文明程度。艺术乡建，就是一个以文化人、以艺通心、凝心铸魂的基础性工程。不论城乡，现代化越往前走、物质生活越丰富，人民群众越喜欢山清水秀的田园风光。农业除了保障粮食和重要农产品供给，其生态涵养、休闲观光、文化传承的功能就越能发挥积极作用。所以，我们组织文艺工作者参与艺术乡建工作，应有意识引导和鼓励他们寄情山水田园，弘扬志愿服务精神，唤醒自己和村民对田园美的感知，提升自己和村民发现美、创造美的能力，让村民尝到艺术乡建甜头的同时，丰富自己的精神世界和人生价值，让祖国广袤的农村大地绽放出璀璨的文明之花，在扎实推进乡村振兴和共同富裕的时代伟业中奏响“精神富裕”的华彩乐章。

中国艺术乡建的理论与实践

方李莉　范晓颖[*]

艺术乡建是近年来提出的新概念，这一概念的形成来自两个方面，一方面是国家乡村振兴战略促进了政府部门对乡村文化发展的思考，另一方面促进了学者在寻求乡村发展之路中所产生的新思考，即文化艺术的复兴应该成为当下乡村振兴的一个重要内容。经过四十多年的改革开放，首先，我国的经济发展已取得了举世瞩目的成就，但是文化建设稍显滞后。原先社会发展的特征主要是经济优先，没有更多的资源投入文化建设领域，但是现在环境发生了变化，国家经济发展了，有更多的资源投入文化建设中，可以反哺文化了；其次，中国文化的根脉是乡土基因，未来中国社会面临的巨大的转型，尤其是在全球化治理的生态保护与可持续发展日显重要的背景中，这种乡土基因会发挥极其重要的作用，存在于中国乡村的乡土之美及地方性知识也将日显重要，未来乡村传统文化的复兴和再生长将会成为国家文化建设的根脉，其重要性是不言而喻。最后，其也是一次中国当代艺术的革命性转型，即以往许多活在"纯

* 方李莉：东南大学艺术学院特聘首席教授，东南大学中华民族视觉形象研究基地副主任、首席专家；范晓颖：东南大学艺术学院博士生。

艺术”象牙塔中的艺术家，回到艺术发生的现场，进入社会、进入乡村，将自己的艺术活力与乡土手艺、乡土艺术合二为一，为发掘和发现乡土之美而助力。

当然，也不否认有一些艺术家还是将自己看成是上层的精英，之所以“下乡”是试图“启蒙”和“拯救”。笔者作为人类学者，对此持有不同的看法，中国乡村有其自身的自然之美、人文之美、哲学之美、日用之美。之所以说，中国的文化根脉在乡村，其实也是在说中国的美学之根也在乡村。因为乡村自古就是读书人的所在地，这些读书人即使由于中举而进京城做了京官，或者到州府做了地方官，但最终是要叶落归根、荣归故里，将一生的业绩、一生的学识带回家乡，回归乡土，并与家乡人一起建设自己的家园。因此，在中国的乡土中不仅有民间文化，也有精英文化，还有民间与精英合流的文化，这些文化被融入乡村，成为村落布局之美，建筑造型之美，室内室外的装饰之美，民间绘画之美，手工用具、生活器具之美等。所谓的艺术乡建并非是艺术家用自己所理解的美学价值去取代这些乡土的美学价值，而是要去发现、探索和激活这些几乎已被封存和被遮蔽的乡土价值，这也是笔者参与艺术乡建和推动艺术乡建的初衷。

回顾中国艺术乡建之路，我们看到的是，中国的艺术乡建是由一些当代艺术家发起，再由许多建筑设计师和人类学者、艺术人类学者共同参与，到今天由于许多艺术院校的先后加入，在全国已成为一种浪潮。

面对这样的场景，笔者认为，有必要对其进行一些发展脉络，案例实践过程的全面梳理，并由此进行一些深入的理论探讨，为下一步的具体实践做一些有意义的思考。

一、中国艺术乡建的历史脉络与理论渊源

中国艺术乡建的发展有两条历史脉络，其一是民国时期的乡村建设运动，以梁漱溟、晏阳初、卢作孚、陶行知、杨开道等学者为代表，这是艺术乡建的思想遗产。其二是欧美、日本等地区参与式艺术的发展，欧美主要以博瑞奥德的“关系美学”和毕晓普的“对抗美学”为基底，同时日本的“美用一体”美学为艺术乡建提供了有益的借鉴。台湾地区的社区营造思想也为艺术乡建提供了启发。

（一）民国时期的乡村建设运动：中国的百年之痛

乡村建设是中国的百年之痛，之所以如此说，是因为中国乡村振兴的问题并不是现在才摆在我们面前的，而是20世纪初就出现了。当时的知识分子不仅讨论了这一问题，还亲自参与了当时的乡村建设，就像今天的我们。只是当时的参与者、倡导者大多数是社会学者、文化学者、教育学者，而今天参与艺术乡建的是人类学者和艺术家们。参与的群体不一样，切入点也不一样。这既是种偶然现象，也是一个时代的必然现象。为什么说其是时代的必然现象，这也是本文要讨论的重要问题之一。

自近代以来，中国传统的农业文明在与西方工业文明的交锋中

败落下来，中国乡村出现的衰败危机，不仅仅是乡村经济的破产，也是中国社会文化的整体衰败；同时中国农村遭遇的破产也是近代史上以工业化、现代化、城市化为导向的历史发展所引发的全世界的农村共同遭遇的问题。

为了拯救中国乡村的衰落，20世纪初，中国的知识分子发起了乡村建设运动。梁漱溟发起“儒学下乡运动”，在山东邹平、菏泽创办乡村建设研究院和试验区，晏阳初在河北定县开展平民教育运动，此外还有卢作孚的“北碚实验”、陶行知的晓庄实验、黄炎培的昆山实验、雷沛鸿的“广西国民基础教育”、俞庆棠的“无锡民众教育”、杨开道的“清河社会实验区”等，他们共同构建了我国民国时期整个乡村建设运动的图景。在近代史上以工业化、现代化、城市化为导向的历史发展，无一不是以牺牲乡村发展为前提的，是乡村发展高速的崩溃促成了城市的发展。以城邦文明为基础的西方文化，对此不以为然，但以乡土文明为基础的中国，乡村文化是其文化的根脉，乡土文化的衰落，就是其文化根脉的衰落。中国知识分子之所以奋力拯救乡村，实则是在拯救中国文化，当时的知识分子还主要是一种精英心态，认为中国农民存在“愚、贫、弱、私”四大顽疾，主张开展文艺教育，传授文字，培养农民艺术欣赏与创造能力。这样的认识一直延续到今天。

但当时在农村考察的人类学者费孝通，对此有不同的看法。他认为乡村的衰败并非来自农民的愚笨，而是来自工业革命的冲击。而且他还认识到，西方的工业文明虽然先进，但“在西洋的机器文明中，人和机器之间并没有完善的调适”，因此，他赞成将工业保留在农村，走农工相哺的中国式的现代化道路。他说，中国是要走现代化道路，但不是跟在西方后面走，而是要用自己的脚走出来。乡建运动并未达到理想的效果，其历史局限性也不可避免，在根本制度尚未解决、乡村农民主体性地位没有根本解决的条件下，静态的乡村建设运动也无法单独还原或建构出适应时代变动的乡村社会结构。中国农村遭遇的破产问题也是近代史上以工业化、现代化、城市化为导向的历史发展所引发的全世界的农村所共同遭遇的问题。[1]民国的乡村建设失败了，但是他们却开启了中国式现代化道路的探索，更为重要的是这为国家提出中国式现代化奠定了学术基础和历史基础。

（二）欧美社会参与式艺术相关思潮及理论

欧美社会参与式艺术的谱系可以追溯到20世纪初的历史前卫主义，即意大利的未来主义、达达主义、苏联的建构主义，到20世纪60—70年代的新前卫主义运动，即观念艺术、行为艺术、新现实主义、情境主义、机构批判等。

这些流派的主要论点是：艺术不是社会行动的旁观者，而是社会行动的参与者，期望通过艺术介入来实现对社会整体的改造。特别是德国艺术家约瑟夫·博伊斯（Joesph Beuys）提出“社会雕

1 方李莉.论艺术介入美丽乡村建设——艺术人类学视角［J］.民族艺术，2018（4）.

塑”概念，提倡“人人都是艺术家”，尊重个人对自然与社会的观察与感受，将社会要素引入艺术中，冲击了传统的艺术观念。这预示着由原先被动的观看逐步转变为体验被尊重与被接纳。美国艺术家苏珊·蕾西（Suzanne Lacy）用“新类型公共艺术”概念来总括参与式艺术，认为其是从公共利益出发进行的艺术实践，且更注重艺术创作过程中各主体的协商与合作。克莱尔·毕晓普（Claire Bishop）认为艺术家兼具生产者、情境的合作者和策划者角色，艺术作品存在的时空有限性被拉长，观众从艺术作品的观看者转变为合作者与参与者。[1]尼古拉斯·博瑞奥德（Nicolas Bourriaud）认为社会参与式艺术所构建的一种新型的人际关系，是对原先因“分离”与“异化”的资本主义社会人际关系的一种修复。社会参与式艺术颠覆了艺术家的主体地位，艺术作品成为社会交流的“工具”，[2]艺术家—作品—观众（大众）构建新的关系网络空间，社会参与式艺术也被称为关系艺术。在这种“合作”的关系艺术中，展现了“可感性经验的重构”，[3]这也正是雅克·朗西埃（Jacques Rancière）的“审美”概念，并提出“歧感美学”的理念，基于此毕晓普提出了“审美是思考矛盾的能力”的观点，将“歧感美学”发展为“对抗美学”。这充分展现了欧美社会参与式艺术的批判性。

---

1 Claire Bishop,*Artificial Hells: Participatory Art and the Politics of Spectatorship*（London: Verso），2012，p.2.

2 尼古拉斯·博瑞奥德：《关系美学》，黄建宏译，金城出版社，2013，第6-11页。

3 朗西埃：《关于政治的十个论点》，载汪民安、郭晓彦主编《生产》第8辑，江苏人民出版社，2012，第196页。

总之，合作与对抗体现了欧美社会参与式艺术在不同阶段的特点，体现艺术介入生活、介入社会的思想，渠岩、靳勒等中国当代艺术家和学者吸收了这种艺术介入生活现场的精神，将其引入艺术乡建的探索中。

（三）日本社会参与式艺术及美学理念

日本的参与式艺术与欧美的批判性特征存在很大差别，其社会建设性的一面体现得比较突出。日本的濑户内国际艺术节、越后妻有大地艺术节被视艺术参与乡村建设的典范。日本艺术乡建的成功除了日本公共艺术发展、当代艺术在日本转型、当地村民成为艺术活动的主体、文化产业促进地方活化等表征性的因素外，其根源在于东方文化审美哲学。日本的美学思想深受地理环境影响，对自然充满敬畏，主张“美用一体”，其乡土景观的建设受到特定地域风土文化的影响，坚持以社区共同体生活为根本，体现了东方哲学中对共有的人际关系与风土文化等空间性的整体认识。张颖认为用“生活”统摄艺术价值与界限，[1]是对日本传统“美用一体”美学思想的延续。并从全球的视野来看待日本的艺术乡建，认为日本艺术乡建的研究遵循“地方—全球”之间的张力与关系，以及“主位”与“客位”位移来体认我者与他者缠绕互动的关系[2]。目前学者依据形式内容与主体、场所概念，将日本艺术乡建类型分为三大类：一

1　张颖：《异质与共生：日本当代艺术乡建诸模式》，《民族艺术》2020年第5期。

2　张颖：《隔岸观“我”：中日艺术乡建的田野考察反思》，《民族艺术》2022年第5期。

是国家发起的“农民传统手工艺振兴”类，二是地方主导的“乡土景观与农特产品设计创意振兴”类，三是多主体共谋的“地域艺术项目综合振兴”类。[1]在日本艺术乡建发展阶段上，王永健对日本社区营造概述为三个阶段，即“解决农村地区贫困和人口过疏问题的初期阶段；经济低速增长期以重塑城乡关系、人与环境关系为导向的中期阶段；将举办‘艺术祭’作为重振社区活力的新阶段”。并指出“要有政策、立法支持来保障乡建，完善的立法和政策会激发企业的参与热情”。“参与协作的方式”“建立专家工作营”“建立民间智库机构和一批乡建的NPO”，[2]其理论价值在于从法律保障、实施路径层面剖析了日本的乡建之于中国艺术乡建的启示。

（四）中国台湾地区的社区营造及其特征

中国台湾地区社会参与式艺术实践与研究大致可以划分为两个时期：一是20世纪80—90年代，表现为人们对社会参与、政治多元的一种期盼，以艺术家陈界仁、王墨林、吴天章、连德成、梅丁衍、吴玛悧、李铭盛等为代表[3]，表达了艺术家对社会政治文化变革的不同回应方式，同时艺术家群体从对政治的关注，逐渐转向对社区、生态等的关注。二是进入21世纪以后，台湾地区参与式艺术获得新发展，艺术界对原有的艺术馆、文化馆、博物馆等体制进行反

1 张颖：《异质与共生：日本当代艺术乡建诸模式》，《民族艺术》2020年第5期。

2 方李莉主编《艺术介入乡村建设》，人类学与艺术家对话录之三，文化艺术出版社，2022，第110-117页。

3 吕佩怡：《“社会参与”艺术在中国台湾地区的发展脉络》，《艺术管理》2019年第9期。

思，以林宏璋的《顿挫艺术》、黄建宏的《微型感性》等为代表，所涉及的概念主要包括“公共/公众”与“社区/社群”。台湾地区参与式艺术理论研究主要涉及艺术介入与社区营造等话题。其中《社区总体营造政策》对台湾的“介入性艺术”起到了推动作用，推动艺术介入社会空间的艺术实践进度与力度。台湾地区艺术乡建实践将整个村作为美术馆的理念，挖掘乡村产业、资本、管治和文化等领域的价值。[1]其中比较有代表性的学者、评论家或艺术家有吕佩怡、吴玛悧、巫义坚等。台湾地区的社区营造艺术实践与艺术理论经历了一个本土化过程，学者、艺术家关注的侧重点不同，有的关注社会参与式艺术的类型，有的关注各主体的关系，但都基于社区营造、社区公共生活等议题而生发。社区营造的主题为中国大陆乡村建设提供了积极的启发。

从21世纪初在我国陆续开展的艺术乡建实践，更多借鉴了日本艺术乡建的“美用一体”美学思维，参考了台湾地区的社区营造等理念，强调与自然的和谐共生，注重艺术作为乡村社会建设的积极功能，同时这种全球视野为中国艺术乡建的研究提供了理论借鉴。

二、人类学家和艺术家在乡村的相遇

民国时期参与乡村建设的多是社会科学家、人文学者，但当代

1　陈可石、高佳:《台湾艺术介入社区营造的乡村复兴模式研究——以台南市土沟村为例》,《城市发展研究》2016年第2期。

中国的乡村建设为什么会有艺术家、设计师的入场，而且还出现了艺术乡建这样的概念？这是令人类学者必须深入思考的问题，以往在乡村田野里常常活跃的身影都是人类学者，但今天他们和艺术家在田野中相遇了，这是一种什么样的现象？这是笔者最初进入艺术乡建时最先思考的问题。笔者认为有如下的一些因素。

第一，尽管“艺术介入社会”这个观念不是在中国产生的，但是在中国发展却非常迅速，而且艺术对社会的参与形式和行为跟西方不一样。原因是，中国的文化根底就是“乡土”二字，这是中国文化的基因。而中国的乡土艺术从来都是与人们生活相关的艺术，中国艺术家来到乡村就是进入了中国艺术发生的现场和原点，在这里可以发现乡土之艺术美，乡土之自然美。

第二，中国的乡土艺术来自中国的生产与生活方式，来自中国的历史与传统。钱穆曾说，文学、艺术在中国文化史上，发源甚早，但到唐代，有它发展的两大趋势：一由贵族阶级转移到平民社会，二由宗教转移到日常人生。所谓日常人生体现在乡村的日常器用中，乡村的民风民俗中。之所以如此，是因为传统的乡土中国是读书人和文人的生息之地，古代中国的读书人大体上出生于农村，是从乡村中通过科举制度，然后，为官、为商，成就一番事业的。功成名就后他们往往会平平淡淡退归乡村，选择一个山明水秀良田美树的田野之地，卜宅终老。因此，中国乡土中的艺术是中国农民与这些知识分子共同创造的，是重要的中国文化的载体。

第三，艺术家和人类学者之所以会在乡村相会，那是由于艺术与人类学具有叠合的话语领域与各自的优势。在研究领域，艺术与人类学都关心文化与价值的生产，关注地方文化，关心人类心灵的修复等问题。“艺术家的特长是能建立具有象征意义的视觉、听觉以及肢体符号，将无形的文化有形化和公共化。”“艺术家可以把看不见的文化变成可视、可听、可感的文化符号，并让其渗透到生活中，而成为一种新的生活方式。”[1]并且艺术乡建的许多项目都是一种创意产业，需要有艺术家和设计师的介入，以激活传统文化，从而助推艺术乡建的可持续性发展。但艺术家受到艺术自律、审美自律的影响，多采取自上而下的介入方式，有可能使得乡建中艺术脱离乡村的实际。人类学家一直在生活现场，在传统的乡村田野研究人类社会，在曾经遭到破坏的乡村“记录和建构地方性的历史和文化知识体系”，“帮助村庄重建重要文本”，“帮助艺术家理解乡村文化与历史的关键符号”[2]，马尔库斯认为人类学家的感受能力和方法都是独特的，因此这种独特的感受力促使人类学家和艺术家在介入乡村建设的过程中发挥重要作用，“人类学家在修复乡村价值和理解乡村文化与历史的关键符号、平等感知村民需要等方面，将为艺术家提供重要的思考维度和行动视角”[3]。在这里我们看到的是“人类学家和当年的梁漱溟、晏阳初等民国时期从事乡村建设的知识分子最大的区别是，其不是‘自上而下’高高在上的视农民为需要教

1　方李莉：《艺术如何参与乡村建设》，《群言》2019年第4期。

2　同上。

3　方李莉：《论艺术介入美丽乡村建设——艺术人类学视角》，《民族艺术》2018年第4期。

化和启蒙之人，而是站在平等的位置上，去感知农民的感知，从他们的角度去理解他们的问题。”[1]因此，人类学家与艺术家共同参与乡建，可以防止乡村变成艺术家个体艺术行为的实验场，可以从整体的视角研究出发，秉承文化整体观，主张艺术乡建的多元整体的发展。

2016年笔者以中国艺术研究院艺术人类学研究所所长的身份，发起了在北戴河召开的首届艺术乡建论坛，提出了未来艺术乡建的着眼点与基本方法，并形成北戴河艺术乡建论坛共识，其目的就是建立人类学家和艺术家的对话。2017年，第二届艺术乡建论坛在北京宋庄美术馆举行，研究从文化、艺术切入乡村振兴的可能路径。2019年，在中国艺术研究院的主导下，由笔者担任总策展人，在中华世纪坛举行了中国第一个国家级研究机构主办的艺术乡建展览。这三次会议的特点是开展了艺术家与人类学家共同讨论艺术乡建的先河，并出版了三本人类学者与艺术家的对话录。这一系列活动的举办，引起了非常大的关注，从那以后艺术乡建越来越多地成为艺术人类学界讨论的主题，成为各艺术院校实践的主题。

三、有关中国艺术乡建概念的讨论

中国艺术乡建是在全球文明整体转型的背景下开展的乡村建设

1 方李莉主编《艺术介入美丽乡村建设》，人类学家与艺术家对话录，文化艺术出版社，2017，第31页。

实践，有着高科技包括互联网等新的科学革命的特色，更带有国家乡村振兴战略下的文化复兴、文化自觉等特色。笔者还认为，艺术参与乡村建设也许是再一次中国文化通过传统美学对中国人的教育，因为近百年工业革命的洗涤让我们远离了自己的传统，通过重新认识传统，复兴传统，建构自己的现代化道路，也许这是这一代中国人的使命，也是党的二十大为我们指明的方向。

在艺术与乡村建设不断“位育”过程中，艺术如何与乡村建设融合共生形成乡建共同体、如何彰显在地性等问题亟待解答。围绕着艺术乡建的概念，不同学者和艺术家从各自研究视角出发对其进行了相应的界定与解读。

笔者认为，艺术乡建绝不仅仅是艺术家们自己可以独立进行的社会行为，而是一个由来自不同主体主导及参与的带有学术思考的新的中国乡村文化建设之道路。因此“乡村建设首先要尊重当地村民的主体性，和他们打成一片”。而且“要建立艺术家和人类学家介入乡村建设的学术共同体”[1]。渠岩认为，“艺术家应改变以往乡村改造和开发的现代化发展逻辑，重新肯定乡村价值，用‘温暖’的方式使乡村苏醒，用‘情动’的方式建立乡村共同体，使乡村真正成为国人安放灵魂的家园”[2]。2014年，周韵的《谁的乡村？谁的共同体？——品味、区隔与碧山计划》引发热烈讨论，其认为，艺术

1　方李莉：《艺术如何参与乡村建设》，《群言》2019年第4期。

2　渠岩：《乡村危机，艺术何为？》，《美术观察》2019年第1期。

乡建是一个由来自不同主体主导的，[1]艺术家应该选择“去艺术化”的方式谨慎地进入乡村，调动乡民的文化自觉与主体意识。王孟图认为要关注从“主体性”到“主体间性”的转换，于长江强调“交互主体性”，刘姝曼指出艺术乡建从“主体间性”到“多重主体性”[2]。同时，“情感共同体”的塑造尤为重要，始终把乡建共同体的价值放在首位也是艺术在介入乡村过程中要秉持的，要避免“既绑架了艺术，也绑架了乡村”[3]。王志亮认为社会参与式艺术的主体重塑既包含朗西埃所提出的“可感性重新分配”，亦涵盖“参与主体日常生活结构的改变”[4]。总之，艺术乡建是多元主体共同参与的整体发展过程，通过构建艺术乡建共同体，协调不同主体的价值与立场，共同推进艺术乡建发展。

向丽以审美人类学的角度切入，从阈限理论出发，将“生态性”“治理性”“美化生活”的融合作为艺术乡建交融性愿景实现的前提，认为“艺术介入无疑处于某种特殊的阈限阶段，它既是对于乡村本真意义的表征，亦即对乡村秩序的召唤与吁请，同时也是基于当代审美经验建构新的乡村共同体。借助审美人类学对审美幻想

1　方李莉：《艺术乡建的智能化生态之路》，《中国文化报》2019年10月27日，第3版。

2　刘姝曼：《乡村振兴战略下艺术乡建的“多重主体性”一以“青田范式”为例》，《民族艺术》2020年第12期。

3　王子云：《艺术进入乡村的关键：从“羊磴艺术合作社”的实践谈起》，《公共艺术》2018年第5期。

4　王志亮：《参与式艺术的问题意识与主体重塑》，《公共艺术》2021年第3期。

的反凝视，辨析艺术乡建中的主体性、原真性、共同体”[1]。艺术乡建提供了审美修复和重建的可能，改变着人们对于乡愁的感知并建构新的美学景观，具有“怀旧”“乡愁”“乌托邦”三重时间向度并衍化多重审美问题，艺术乡建应该完成审美经验的自洽。[2]而如何把乡愁作为一种审美资本使其融入文化传统的建构与再生是值得深思的问题。王杰教授指出“乡愁乌托邦”是一种具有悲剧意味的美学形式，代表中国文化“回旋性回归”为根本的审美表达机制[3]。从审美治理的功能和价值，辨析礼乐制度在艺术乡建作为重要的文化肌理。[4]同时要保持反思精神，要遵循乡民的审美逻辑和情感逻辑，进而尊重乡村和乡民的主体性。[5]任海认为羊磴艺术合作社的事件是一个审美的事件，正视其审美的潜在变化。[6]总之，审美人类学中的艺术乡建关注乡建的审美问题，将艺术乡建视为审美治理的实践，视为将传统文化融入乡村新型美学景观中，助推乡村优秀传统文化复归的一种手段。

萧放等认为：“艺术乡建指的是艺术家主动或被委托、邀请，

---

1 向丽、赵威：《艺术介入：艺术乡建中的“阈限”——兼论审美人类学的当代性》，《广西民族大学学报(哲学社会科学版)》2021年7月第4期。

2 向丽：《怀旧 · 乡愁 · 乌托邦——中国艺术乡建的三重面向》，《民族艺术》2021年第3期。

3 王杰：《乡愁乌托邦:乌托邦的中国形式及其审美表达》，《探索与争鸣》2016年11期，第4-10页。

4 向丽、李季：《礼乐制度与中国艺术乡建——兼论审美治理的中国经验》，《广西民族大学学报》2022年第7期。

5 季中扬：《“艺术乡建”的审美理念及其文化逻辑》，《粤海风》2021年第10期。

6 任海：《当代艺术的生成式审美——作为认识日常生活世界模式的社会参与式艺术》，《学习与探索》2018年第7期。

在乡村进行的旨在促进乡村振兴的艺术实践活动。”[1]李莉指出：“乡土的艺术重建，可能比艺术乡建这个词更好一些，因为乡土本身的艺术是在乡村这个特定的风土中孕育出来的。”[2]孟凡行、康泽楠认为：“‘艺术乡建’指的是艺术家运用相关艺术手段在乡村地区进行的各类建设实践。”[3]左靖提出“乡建的最终目的应该是：在地方政府的支持下，寻找一种可持续的发展模式，吸引社区成员参与，最后达到他们对社区的自治经营”[4]。张颖认为：“中国艺术乡建之‘艺术乡建’，既非规制一种知识精英和权力集团的话语阵地，亦非建构特殊的乡建识别形式或孤立的艺术行为过程，而是通过对‘农本—乡土—艺道’的复归及再生产，沿着‘整体赋能’之向度，以美感形式促成对世界的理解和对转型社会的精神与物质贡献。”[5]王南溟认为：“艺术乡建绝不仅仅是对一栋建筑的保护改造，一个节庆活动的开展，一个农业文创项目的实现，也不仅在于艺术是否在当代乡村生活中起到了可持续性的经济、文化和社会功能。判断艺术乡建成功与否的标准在于它是否真正实现了农民的参与，是否活化了在地的乡土文化，是否形成了一系列对文化传承发展具有可持

1　萧放、霍雯：《乡村振兴背景下艺术乡建的样态与实践——以羊磴艺术合作社的参与式艺术实践为例》，《西北民族研究》2021年第10期。

2　方李莉主编《艺术介入乡村建设》，人类学与艺术家对话录之三，文化艺术出版社，2022，第26页。

3　孟凡行、康泽楠：《从介入到融和：艺术乡建的路径探索》，《中国图书评论》2020年第9期。

4　左靖：《碧山、茅贡及景迈山——三种文化乡建模式探索》，《美术观察》2019年第1期。

5　张颖：《中国艺术乡建二十年：本土化问题与方法论困境》，《民族艺术》2021年第9期。

续性的制度保障和是否培养了乡土人才资源。”[1]总之，这些论述主要是关注艺术在乡村建设中的功能、价值与表现形式。但笔者认为艺术乡建的主体性问题和如何将艺术元素引入乡村建设中，让艺术变成激活乡村传统文化的手段，以及如何充分体现在地性等是最为棘手的问题。

还有从文化产业发展的角度对艺术乡建进行的讨论，陆梓欣、齐骥认为“艺术乡建作为赋能乡村振兴的创新手段，在乡村实践中可通过协同紧密的时空关联及嵌入互补的场景关联，与乡村文化产业融合发展，并以文化价值再构、空间场景重塑、村落关系再生为点，推动乡村高质量发展”[2]。向勇和北大的师生创建了白马花田营造社项目，总结出：“文化产业赋能乡村振兴是新时代乡村全面振兴的创新路径，是文化产业与乡村建设的时代相遇。 文化产业赋能乡村振兴，有助于传承乡村农耕文明，有利于发展乡村特色经济。”[3]可见，文化产业视角下的艺术乡建，其经济发展的目的性非常明确，是将艺术作为乡村发展的赋能手段，艺术需要围绕乡村产业发展进行，经济与发展的逻辑重，但如何平衡乡村的经济理性和文化逻辑之间的内在关系是我们需要深思的问题。

通过一系列的论文梳理，我们看到的是，中国艺术乡建在概念

1 王南溟：《乡建、艺术乡建与城乡互动中的几种理论视角》，《美术观察》2019年第1期。

2 陆梓欣、齐骥：《艺术乡建与乡村文化产业高质量发展》，《理论月刊》2022年第6期。

3 向勇：《文化产业赋能乡村振兴的理论与方法——以白马花田营造社的创新实践为例》，《艺术管理》2023年第1期。

上并不统一，讨论中所涉及的主体性、方法论、实践形式与原则、审美形式等侧重点也不尽相同。但艺术乡建概念在以下几个层面有一定的共识：首先，一致认为，艺术乡建是中国乡村建设的一种新形式，或者一种新的力量。其次，在运行过程中，强调对乡村文化的尊重，协调村民“我者”与外来“他者”的关系，在良性的互动中发挥艺术乡建的功能。再次，在目的上，与国家的乡村振兴战略保持一致，实现乡村的复兴与振兴。基于此，在本研究中，所谓中国艺术乡建是以中国社会的巨大转型为背景，基于中国语境与中国哲学，尊重乡村传统价值，尊重乡村及乡村居民的主体性，通过高人文、高科技、高生态的联盟，用艺术去探索，去发现乡土艺术之美、人文之美、器用之美、传统技艺之美等，并在此基础上去激活乡村的物质的与非物质的文化遗产，使其成为建构新的文化、新的生活方式的可开发和利用的文化资源，并以此探寻乡村新的生产模式与新的生产方式，重构乡村社群共同体意识，达致美丽乡村，进而实现乡村文化振兴。

四、中国艺术乡建的理论与实践

纵观我国近20年的艺术乡建活动，通过对国内外相关文献的查阅，笔者尝试从以下几个方面对艺术乡建的理论进行梳理与讨论。

（一）艺术乡建的空间再生产

艺术乡建的过程实际上也是一个在原有的空间进行再生产的过程，亨利·列斐伏尔（Henri Lefebvre）在《空间的生产》中提出“三位一体”的空间概念：感知的空间、构想的空间与活生生的或亲历的空间。[1]他还认为，活生生的或亲历的空间称之为表征性空间，表现为“形形色色的象征体系，有时被编码，有时未被编码，与社会生活的隐藏的方面或秘密的方面相关联，也与艺术相关联（艺术也许最终更多地作为表征性空间的符码而不是空间的符码而被规定）”[2]。高丙中认为：文化空间是体现意义、价值的场所、场景、景观，由场所与意义符号、价值载体共同构成。文化空间的关键意旨是“具有核心象征的文化空间”，核心象征是指一个社会因其文化独特性表现于某种象征物或意象——通过它可以把握一种文化的基本内容。它具有集中体现价值的符号，并被成员所认知，是共同体的集体意识的基础。[3]在其中村庄是“具体的——与某个特定的建筑聚集区联系在一起，无论置身何地，人们都认为它不仅是

1　感知的空间即空间的可感知方面只能通过感觉才能得到把握;构想的空间即通过把各种要素结合而形成的一个“整体”即空间，只能被看作或者被指示为一种与假定的知识生产相关联的思想活动；活生生的或亲历的空间即对空间的直接体验，它总保留着剩余物或剩余性、不可穷尽性，这为艺术创作提供了无穷能量。

2　亨利·列斐伏尔：《空间的生产》，刘怀玉等译，商务印书馆，2021，第52页。

3　段义孚：《空间与地方：经验的视角》，王志标译，中国人民大学出版社,2017，第123页。

自己的家，也是他们守卫的神灵的家”[1]。建造一个村落也是如此，中国村落的合法性在于其有祠堂、有神庙等神圣空间。因此，村庄不单纯是一个物理空间，更是一个精神空间。在艺术乡建的过程中一定要有如此的认识，才能理解乡村的空间不仅包含有历史，还有集体认同的核心价值观，也是当地人留下的祖祖辈辈积累下来的叙事空间，艺术乡建的过程应该成为对这一空间的重新解释和翻译的过程，这是人类学家所擅长的工作，但作为参与艺术乡建设计师和艺术家，应该兼修这方面的知识。

中国的许多艺术家参与艺术乡建时，首先面临的就是空间再生产的问题，如左靖所依托茅贡艺术乡建实践，就涉及“空间”概念，即空间生产、文化生产和产品生产三种工作步骤[2]。在具体的实践中，他将空间营造作为艺术乡建的第一步，如对茅贡镇废弃粮库进行改造，对茅贡供销社进行收拾整理等。渠岩在许村实践中也首先是通过对废弃的影棚、老建筑进行改造，构建许村艺术公社，包括艺术公社办公和接待中心、艺术家创作中心、艺术家公寓、艺术图书馆、艺术公社食堂与乡村酒吧等建筑空间，这些空间的改造，不仅为静态的许村增添了异样的风景，同时，也激发了村民对传统物象的新感受。靳勒在石节子村开展乡建实践，首先创建国内第一个乡村美术馆——石节子美术馆，将村民的家庭、生产、生活等纳

1　段义孚：《空间与地方：经验的视角》，王志标译，中国人民大学出版社，2017，第123页。

2　左靖：《碧山、茅贡及景迈山——三种文化乡建模式探索》，《美术观察》2019年第1期。

入美术馆，构建的是一个“大空间”的概念。

其次“空间再生产”，不仅是生产文化，也包括生产产品，当然其中也包括文化产品和经济产品。如左靖在茅贡举办茅贡供销社“米展”；在景迈山，用绘本、图表和影像等表现形式展陈地方性知识，实现乡村教育等。渠岩兴办许村国际艺术节，积极邀请世界各地艺术家、当地的艺术爱好者、村民与团体参与创作，增进了艺术与在地村民的彼此理解与交流，让艺术创意在传统村落生根开花，并为传统乡村注入了文化活力。靳勒通过构建的石节子美术馆空间，每年举办各类艺术活动，进行文化生产，让村民们保护村里的自然环境与人文环境；同时与外面的艺术家交流，参与艺术创作，培养了在地的农民艺术家。使村民们的生活更有尊严或许是文化空间生产中的硕果。

中国艺术乡建的空间生产是与村民的日常生活有机结合，正如列斐伏尔所言，“如果不曾生产一个合适的空间，那么‘改变生活方式’‘改变社会’等都是空话”，因此，“为了改变生活我们必须首先改造空间”[1]。这种结合所反映的不仅是乡村社会关系，也是对原有社会关系的一种修复与改善。当然也有神圣空间再造案例，这样的案例往往所表现的是与当地民俗风情的复兴结合在一起的。

（二）“主体性”—“主体间性”的多元主体

艺术乡建从更深刻的层面来看，是艺术家到“他者”的乡村

1 H.Lefebvre, *The Production of Space*（Oxford: Blackwell press, 1991）,p.190.

所进行的一种“自我”的建构。毫无疑问，在艺术乡建中主体是村民，但艺术家在与主体互动中也同样建构了自我，具有了主体间性。雅克·拉康等学者对“主体”“主体性”“主体间性”等概念进行了解释，拉康曾指出主体是由其自身存在结构中的“他性”界定的。主体性是指主体的特性，“是人作为活动主体的质的规定性，是在与客体互相作用中获得发展的人的自觉、自主、能动及创造的特性”[1]。运用主体性的概念，可以对特定文化进行更深入的了解，帮助研究者理解社会行为者在其文化整体背景下的态度、动机和利益。[2]从人类学方法上讲“他者”都是“自我”的建构，而民族志文本的制作，也总是包含着一个“自我塑造”的过程。[3]“通过对‘他者’的理解，绕道来理解自我”[4]，“他者”是理解“自我”的一个方法与途径。并且早期“他者”概念具有西方中心主义、殖民主义的典型特征，是与“主体”相对照，以认识和确定主体自我。“他者”的存在、“他者”的意识使我们认识到文化的多样性。当然“他者”与“自我中心主义”自身存在的缺陷与弊端导致了很多社会问题，引起人们对主体性概念的反思，提出了主体间性的概

1　郭湛：《主体性哲学》，人的存在及其意义，云南人民出版社，2001，第30-31页。

2　Pike, K.L.Emic and Etic,*Standpoints for the Description of Behavior, Chapter I Language in Relation to a Unified Theory of the Structure of Human Bchavior*, Preliminary Edition,（Calif: Summer Institute of Linguistics，1954），pp.2-42.

3　Clifford,James and George E.Marcus,eds.,Writing Culture: *The Poetics and Politics of Ethnography*,（Berkeley: University forCalifomia Press，1986），pp.23-24.

4　Paul Ricouer, *Existence et hermeneutique, In Le Conflit des Interpretations* (Editions Du Seuil, Paris,1969)，p.20.转引自保罗·拉比诺：《摩洛哥田野作业反思》，高丙中、康敏译，王晓燕校，商务印书馆，2017，第25页。

念，即主体—主体间的内在关系。胡塞尔认为每个人都有他自己的经验，有他自己的显现及其统一体，有他自己的世界现象"，世界"并不是我个人综合的产物，而只是一个外在于我的世界，一个交互主体性的世界，是为每个人在此存在着的世界"[1]。这段阐述表明对"我"之外的主体存在的肯定，特别是社会学、人类学强调作为社会主体的人与人之间的关系，观照不均质的多元主体。这些论述为人与物、人与社会、人与人之间主体性平等的观点提供了基础，也为中国艺术乡建家园共同体构建的可能性与可行性提供了理论前提。

中国的艺术乡建主体是一个发展的概念，在艺术乡建主体认识与实践中，经历了从"以政府为主"或"艺术家为主"或"企业资本为主"或"村民为主"的单一主体，到"政府—艺术家或人类学家等学者""政府—企业资本""人类学家等学者—村民"等"主体—主体间性"的多元主体。艺术乡建不等于艺术家到乡村中去创作自我表达的作品，而是艺术家以自己的才干和创造力去激活乡村原有的资源，与政府、与企业合作，和当地村民一起建构具有艺术体验感和创意感的新生活。因此，艺术家（设计师）、政府、资本、村民是艺术乡建缺一不可的共同体要素，它们围绕着在地村民及其日常生活自觉地、主动地利用艺术的力量对乡村进行文化空间建设与生产的一种文化现象。它们共同地构成了艺术乡建的整体

1　胡塞尔：《笛卡尔式的沉思》，张廷国译，中国城市出版社，2002，第125页。

性。正如渠岩所言，中国艺术乡建是基于当代中国乡土文化开展的多元主体实践，是社会、文化与感知“三位一体”的整体实践。[1]我国艺术乡建具有多元主体的整体发展特点，其发展方向是积极建构“家园共同体”。

在多元主体中，乡村原住居民的“主体性成长”尤为关键。因为乡村建设首先是为当地村民服务，如果忽视了这一点，村民不能从中得利，改善自己的生活，建立生活自信，从而获得幸福感，他们就不能把重建的乡村作为自己的家园，我们的乡村建设就失败了。因此我们的艺术乡建“在项目实施之前要开展调查研究，了解当地村民的生活现状和生活需求，同时激发他们自身的创造力，并关心和重视他们的创造性劳动”[2]。

（三）“家园共同体”与“心态秩序”

“家园共同体”是在“主体—主体间性”的多元主体概念的基础上构建的，其与心态秩序的概念紧密相连。费孝通先生在1990年“东亚社会研究讨论会”的演讲中提出人类心态秩序的课题，“有关‘心态秩序’这个理念的提出非常重要，这比‘社会秩序’进了一步，其涉及的是由重视社会建设转移到重视人心建设的问题，其是在人类社会活动经济发展到一定程度以后需要解决的问题”[3]。后

1 方李莉：《艺术乡建的东方哲学基础》，《艺术市场》2021年第11期。

2 方李莉：《艺术如何参与乡村建设》，《群言》2019年第4期。

3 方李莉：《在超越中寻求“美美与共”的全球视野——费孝通晚年学术思想解析》，《云南师范大学学报（哲学社会科学版）》2021年第1期。

来，笔者将其扩展为“从‘心’开始，通过‘修、齐、治、平’这一层层‘伦’的次序，由内向外推广开去，构建每个人心中的世界图景”[1]。的概念，可以说“心态秩序”的建设是中国人独有的认识世界和理解世界的方式，“建构人与人之间的心态关系，形成了与西方社会科学不一样的解释体系”[2]，“家园共同体”的构建属于“心态秩序”建设的推进，也是对费孝通先生原先对“见社会不见人”的反思的一种回应，是对艺术乡建中人与人关系的探讨，将艺术融入村民的日常生活，艺术乡建体现的是“活生生的人”，不仅关注村民的生产、生活状态，也关注村民的精神、情感，观照社会心态秩序。

“家园共同体”理论系统是在解决“共存”“共生”的物质生态以后，对“城市”与“乡村”、“艺术”与“乡村”、村民与市民在“共荣”“共识”问题上的反映。城乡是城市—乡村的平等性的主体关系，乡村并不附属于城市，城市也并非是乡村发展的方向，而是朝着城市与乡村共生共荣良性发展的方向；城乡中国不是艺术乡建发展的目标，生态中国才是艺术乡建的皈依。在处理“艺术”与“乡村”关系时，也并不是唯艺术论、“艺术至上”，也有共生下的“艺术对抗”。[3]艺术与乡村有着各种发展的逻辑，农村、农民有自

1 方李莉：《中国文化基因与“生态中国”之路》，《粤海风》2021年第3期，第45页。

2 方李莉：《费孝通之问》，人类社会如何走向“美美与共”——费孝通学术思想传，商务印书馆，2021，第408页。

3 张颖：《异质与共生：日本当代艺术乡建诸模式》，《民族艺术》2020年第3期，第37页。

己的发展逻辑，充分尊重各自的发展逻辑，通过艺术共同建构文化记忆。只有把乡村作为我们共有的精神家园进行建设，秉持着“美美与共”的精神，或许才能实现乡村文明的复兴，“家园是一个整体性思考人类的生活世界并强调其中全部内涵的概念”[1]。在中国古代，乡村一直是文人士大夫归隐之地和遥寄情怀的场所。这是中国人追求“天人合一”的写照，“家园”作为特殊的意向和精神图腾是融于中华民族子孙的血液当中的，也是中国文人心灵对于山水和大地的独特情感的一种皈依和敬畏。当代艺术家转向“乡村”也有对“家园”守望的思考，其实这也是关于人生意义的终极思考，亦是关乎人之为人的意义和人存于世的目的的探寻。“人，诗意的栖居在大地之上”出自德国浪漫主义诗人荷尔德林（Hölderlin）的诗句，后来被哲学家海德格尔（Heidegger）引用，而“家园”一直是中国人的情感归属之地，也是安放灵魂的地方。

（四）中国艺术乡建的审美与身体体验

有学者认为，艺术乡建不仅是乡村建设的问题，也不仅是人类学和社会学的问题，它还是一个美学问题。[2] 还认为，通过艺术乡建以走向美丽乡村是一场广义上的涵盖政治、经济和文化等领域

1　李晓非、朱晓阳：《作为社会学/人类学概念的“家园”》,《兰州学刊》2015年第1期，第121-130页。

2　赵威：《审美视域下的艺术乡建问题》,《天府新论》2021年第4期，第136-143页。

的社会仪式[1]。笔者觉得社会仪式这个词用得好，仪式中最重要的关键词是“阈限”，向丽等认为，艺术介入乡村是一种“阈限之在”，最终通达的是一种交融之境[2]。其提供了打破原初等级秩序的交替性体验，从而使弱者的力量得以显现[3]。这种弱者的力量就是我们以往有所忽视的乡土之美，包括这种美所提供的以身体作为媒介的审美经验，也就是在这样的过程中，乡村作为新品味的聚集以及村民审美能力的重新被“看见”，在艺术学与人类学协同并进中也获致显现。通过经验的敞开、流动和糅合让乡村经验如其所是地显现。 这是与西方以康德（Kant）为代表的哲学家认为“审美无利害”“审美无功利”，提倡审美的非自然性，强调美用分离，将美与生活隔离开；并且西方传统的艺术自律论也将艺术放置在与社会对立面的哲学美学不尽相同的人类学美学。在传统西方哲学美学影响下，艺术品从创作到展示都是与社会生活相分离的。导致在西方哲学影响下的艺术精神与自然始终保持一定的距离，通过主客二分的对立，对社会进行反思和批判。后来介入式艺术的发展，为艺术介入社会、介入生活打开了一个切口。而人类学的美学思想，更多地尊重地方性知识和地方性哲学理念，为此，在中国人类学美学思想与东方哲学达到了高度的一致，对美的认识与西方哲学美学存在本

1　向丽、赵威:《艺术介入：艺术乡建中的“阈限”——兼论审美人类学的当代性》，《广西民族大学学报（哲学社会科学版）》2021年7月第4期，第123页。

2　参见同上，第124页。

3　向丽、赵威:《艺术介入：艺术乡建中的“阈限”——兼论审美人类学的当代性》，《广西民族大学学报（哲学社会科学版）》2021年7月第4期，第123页。

质差别，认为美即用，美即生活，美即诗意，美即境界，人生和社会秩序规范都在里面，主张天人合一、主客一体，精神与自然不分离。[1]

人类学美学与哲学美学，东方与西方两种不同的哲学思想引发了两种截然不同的审美体验，体验是在19世纪70年代由狄尔泰（Dilthey）进行概念化的。“体验”是一种跟生命、生存、生活密切相关联的经历，“生命就是在体验中所表现的东西”，“生命就是我们所要返归的本源”[2]。西方的审美体验主要是人的精神方面的变异，追求的是对个体意识觉醒的启蒙，偏重于“艺术感的契机”；而东方的审美体验主要是接受了来自自然体验方面的变异，其偏重于“自然感的契机”，在直觉和意象中占有优势地位。依照王夫之所说的“现在”“现成”“显现真实”三层含义，审美体验是与生命、人生紧密相连的直接的经验，它是瞬间的直觉，在瞬间的直觉中创造一个意象世界（一个充满意蕴的完整的感性世界），从而显现（照亮）一个本然的生活世界。[3]

不同的审美体验进而生发了对艺术与生活两种截然不同的态度，正是如此才产生了日本和中国这样的东方式艺术乡建行为，这和西方的“介入式艺术”之间是有区别的，与此同时也是哲学美学与人类学美学对艺术乡建的不同态度。

1　方李莉、向丽：《中国艺术乡建的实践与未来：与方李莉的对话》，《云南师范大学学报（哲学社会科学版）》2022年第4期。

2　伽达默尔：《真理与方法(上卷)》，洪汉鼎译，上海译文出版社，1999，第77-90页。

3　叶朗：《美学原理》，北京大学出版社，2014，第98页。

艺术乡建的核心是艺术家和设计师在探索、发掘了乡土美学的基础上，在参与乡村振兴中所建构的新型审美体验，这种体验不仅可以促进乡村在地文化建设和经济建设的发展，更是一种社会转型前的重新教化，教化与教育的区别在于它不是外在的和灌输的，而是通过身体叙事与历史的具身化、感官体验等来进行的，教化形塑着该时期的感觉性和社会性，并通过肉身感觉各种审美符号，让人重返传统的集体记忆，并形成一种直觉的本能，这种肉身实践和感觉价值对重新界定生活有着非常重要的意义。一般来讲，图像和文献中的审美是以从叙事到叙事、从事件到事件的直线表达，而身体的实践，里面包含了大量来自工艺美术品和各种表演场所、体验场所的立体信息，其不仅能够产生新的审美价值，新的社会认知，还由此产生新的消费需求，新的社会秩序，新的社会网络关系等。中国乡村民间文化丰富多彩，地方性知识非常重要，特别是各地不同的非物质文化遗产的“活化”，创造了复杂多样的审美景观，因此也生成了新的审美体验。

中国的艺术乡建是在具有东方哲学的审美语境下，由艺术家、人类学家与地方政府、当地民众合作共同开展的社会实践活动，具有东方审美哲学中的日常生活化倾向，并区别于日本的从审美意境入手的艺术乡建，具有建设性，并且在中国民间社会，比如黔东南已经出现了一股中国审美回归的潮流，推动中国的文化经济朝这一方向发展。[1]

1 方李莉：《艺术乡建的东方哲学基础》，《艺术市场》2021年第11期。

（五）中国艺术乡建的在地性

伴随着中国艺术乡建的持续深入，艺术乡建的在地性问题越发引起社会与学界的关注。“在地性”观念缘起于美国极简主义艺术，是艺术家在进行艺术创作时对“特定场所”或“限地性”因素的考虑。权美媛将“在地性”划分为三个阶段，即“在场性”“限地性”（不仅指地点的限制，也指地点背后的权力体系的限制）与“在地性”。[1]极简主义将艺术作品简化至媒介物质本身，艺术作品的艺术效果需要借助环境来填充，观看者的艺术感知从艺术作品转向了周围环境，大地艺术、中国的艺术乡建即是这种场域转换的代表。针对“在地性”，中国学界与艺术界有三种解读颇具代表性，即“就地创作，就地展示”[2]，“特殊地点”[3]与“文化和地缘扩张”[4]。艺术乡建的在地性不同于“特殊地点”的批判性，但兼具三者所指涉的场域性，是指在艺术参与乡建过程中，平衡艺术、乡建与场域的辩证关系。一方面通过艺术家与在地村民的互动合作，挖掘在地元素，实现艺术与当地传统文化融合，反映当地村民的实际需求；另

1　科库尔、梁硕恩：《1985年以来的当代艺术理论》，王春辰、何积惠、李亮之等译，上海人民美术出版社，2010，第33页。

2　冯博一《“生存痕迹”的痕迹——关于“生存痕迹：’98中国当代艺术内部观摩展”的一种描述》，《美术研究》1998年第3期。

3　巫鸿：《作品与展场》，巫鸿论中国当代艺术，岭南美术出版社，2005，第54页、第56页。

4　Hou Hanru, *On The Mid-Ground 2002*（Publisher:Timezone 8），《走向新的在地性》，侯瀚如、周雪松译，载《东方艺术》2010年第23期。

一方面也需要有保持各自独特的张力，保持艺术一定的自主性，艺术在与特定区域文化的碰撞中所表现出来的力量，体现艺术乡建的民族性、地方性以及区域差异性；进而通过多元艺术手段达致对乡村优秀传统文化进行创造性转化与创新性发展。

具体地理解艺术乡建的在地性，主要在于以下几个方面：一是从创作主体上讲，当地村民参与到乡建艺术品的创作中。乡建艺术品与乡建艺术创作、展示、传播与空间之间建立了一种联系，包括乡村居民在内的亲临现场，或者是现场的生活者，参与到乡建艺术作品的创作中。村民是艺术乡建的主体，不仅是艺术品创作的主体，也是艺术乡建所营造的乡村社会的生活与生产等亲身体验的主体。可以说中国艺术乡建的在地性使得村民摆脱了笛卡尔式的“我思”主体，转向村民亲身体验的一种现象学模式，增强了村民在艺术乡建所营造的环境中的情感与体验。

二是从创作内容上讲，艺术乡建与地方环境的融合，通过在地性，可以重建艺术与特定空间场域之间的联系。对于艺术来讲，可以突破原先艺术作品的单一风格，对艺术作品的理解，更应扩展到其所融入的空间环境，隐含着土地、物候、聚落等各环境层次关系。艺术作品在内容上呈现的更多的是在地的文化、历史与村民的日常生活。艺术生活化，使艺术内涵更加的丰富，饱含着在地族群共同体的生活习性与地方知识生产系统。村民在艺术乡建中与艺术家、学者、企业主、游客等主体持续参与、互动与合作，加深不同主体间叙事交流；同时通过对艺术乡建所构建的空间进行场域感知，在一定程度上也重构了乡村各主体（原乡村居民与新居民）新的社群共同体意识。对于地方环境来说，艺术的嵌入，是一种新的元素，为在地文化与知识注入了新的活力，并且这种“新”绝非对环境的割裂，而是在社会文化层面，是与环境相适应的。这也反映出中国艺术乡建并不是对社会的一种革命式的改造，不是对主流价值的颠覆，而是立足于对乡村居民日常生活的局部的调整与微观的关注；也“位育”了乡村环境，被乡村居民、地方政府等主体所接纳。艺术乡建在地性努力将人们的艺术体验融入区域空间的历史性体验中，有助于重构比较独特的在地人群的共同体意识。

三是从创作方法与态度上讲，艺术乡建与特定的区域相联系，即所谓的“限地性”，强调了艺术乡建的独特价值与意义，即地方知识的重建[1]。我们认为在艺术乡建的过程中，艺术是手段与方法，其主旨在于乡村建设，“能通过艺术表达唤醒沉睡的传统和濒于消亡的非物质文化遗产”[2]。通过艺术对乡村文化空间的修复，重建地方知识，用艺术惠泽乡村居民的生活，为人们重建对乡村的认同感与归属感；并且传达出，中国艺术乡建是一种自下而上的文化立场与态度。

总之，艺术乡建的在地性，体现的是艺术、乡建与区域间的辩证统一，回应了艺术乡建所发生的空间特性与地方文化，实现乡村

1　易雨潇：《重新思考空间——Site-Specific Art与在地艺术》,《上海艺术评论》2018第5期，第61-64页。

2　方李莉：《艺术如何参与乡村建设》,《群言》2019年第4期，第23-27页。

的差异化与可持续化发展；在某种程度上也反映了地方精神，建构了某种地方身份，形成新的社群共同体。

笔者是人类学者，更关注的是系统化的地方性知识在艺术乡建中的被关注和被理解，被翻译和被解释。在理解、翻译和解释的过程中中国的乡土美学、乡土艺术乃至于乡土文化得到了复兴与重建。

五、反思与结语

中国艺术乡建理论建构与实践还是刚开始远没有结束，而且，这一过程是动态的和需要在不断地反思中得到完善的，以下是笔者提出的几点反思：

第一，忽视乡村居民主体性，缺乏活力。从梁漱溟所描述的“乡村运动，但村民不动”所导致的民国乡建失败中汲取教训，我们需谨记艺术乡建的主体是乡民，需要尊重乡民的情感诉求。要尊重乡民主体性，尊重在地文化，加强政府、艺术家群体、学者群体、企业家群体与农民群体的联结，构建艺术乡建文化共同体。实现艺术的生活化与生活的艺术化，要警惕那种不尊重当地文化习俗的一厢情愿式的艺术行为，或者把乡村作为艺术家自己创作的场地，单纯是艺术家狂欢的那种形式[1]。这种“艺术乡建”并没有为在

1　黄宗贤、郭峙含：《2019年中国美术热点现象述评》，《民族艺术研究》2020年第4期，第55-64页。

地村民带来生活质量上的提高、生活方式上的改善、审美理念上的提升，仅仅是对乡村历史文化等资源的一种消费，甚至是浪费。我们一定要认识到，乡村不是城市精英满足乌托邦梦想的后花园，警惕艺术家甚至政府或企业等的“绝对主体”的“自我中心”主义，包括艺术家在内的各主体要放下身段，深入现场，倾听乡民的心声，要深刻地理解：今日的艺术乡建“不是我们去拯救乡村，而是乡村拯救中国，拯救我们”[1]。

第二，忽视乡村固有的自然和历史文化资源，一味复古，缺乏创造力。在艺术乡建过程中，部分人对艺术与乡建的理解比较肤浅，将“城市化”作为乡村社会发展的目标，以城市的审美理念来建构乡村的发展策略，将城市的发展策略简单地复制到乡村建设中，用资本简单粗暴地推动所谓的“艺术乡建”项目。引发在地村民、学界等对乡建的质疑，“谁的乡愁”直指问题的核心。众多艺术乡建的实例，让我们看到艺术乡建有不同的角度和方法，但一个共同前提就是我们要去尊重乡村的传统价值，尊重和保护乡村所固有的自然资源，加强艺术与乡村文化的内在契合，实现“绿水青山就是金山银山”的发展理念。同时，乡村蕴含着中华文明的智慧，特别是我国乡村存在着很多非物质文化遗产，需用艺术唤醒沉睡的传统，用艺术去激活这些非物质文化遗产，变遗产为资源。我们不仅要看到乡村的历史和传统，还要面对乡村的未来，不能割裂乡村

1　方李莉、向丽：《中国艺术乡建的实践与未来：与方李莉的对话》，《云南师范大学学报（哲学社会科学版）》2022年第4期。

的历史与当下和未来的关系，要认识到乡村的过去、当下与未来是在同一条根脉上。因为“所有的符号商品都需要有文化的含义，而这种文化往往需要源自某种母体文化，这种母体文化携带着某种基因能给新的文化带来某种新的生命力，但仅仅是母体文化是不够的，其必须还要有现代的科学技术，现代的新的表现形式。这在文化演替的理论中，就是其新的生命还需要在新的生态环境及群种中得到培育及生长”。当前文化的创新离不开传统文化的浸染，在原有基础上借助于高科技进行的再利用与再开发。[1]要通过科技提升艺术乡建中艺术的表现力与感染力，提高传统文化的活化力。“艺术的未来，不是跟在资本屁股后面，搞一个小想法，抓住一个小意念，换一种新材料，而是要真正逼近西方和中国的整个传统，对历史和现实有整全的理解。”[2]并在这样的基础上开创出一种全新的文化，也就是所谓的传统的创新转化。

第三，忽视艺术乡建自身发展的阶段与逻辑，缺乏可持续性。中国艺术乡建实践需要“位育”在地的地理环境、物候、历史文化等因素，应根据不同的地域特点而开展，秉持差异化、多元化的发展模式；并且艺术乡建有着自身的发展逻辑与发展阶段，根据其发展的阶段、类型及在地化环境灵活构建、调整艺术乡建的策略。但是在乡建过程中忽略乡建特定的适用范围的现象也比较普遍，同质

1　方李莉：《论“文化生态演替”与非物质文化遗产传承的关系》，《美术观察》2016年第7期。

2　渠敬东：《“山水”没落与现代中国艺术的困境》，《文化纵横》2017年第4期。

性现象比较突出。中国艺术乡建是基于乡村在地性特点开展的，是对特定区域长期历史积淀形成的、具有地方民俗文化特色的反映。不少地方政府急功近利，将过度商业化的元素强行融入乡村建设当中，使得在地特色“褪色”，无区分的审美泛化现象泛滥，根本无法展现乡村居民的日常生活样式，也无法让观者感受乡村生活的鲜活，进而所谓的艺术乡建因为缺少在地特色与日常生活元素仅仅是昙花一现。20世纪30—40年代，费孝通先生提出了将手工业保留在乡村，以保留乡村活力的观点，希冀找到一条适合中国国情的现代化道路。我们循着费孝通先生的思路，进入新时代，这条道路在乡村的发展表现就是绿色发展之路，生态之路。“当人类社会经历过数次工业革命以后，需要出现一个新的取代工业文明的社会形态，这就是生态社会的形态。”[1]即由乡土中国向生态中国发展，向后农业社会转型。这是在探索中华民族的永续发展之路，亦是关乎中国未来发展之路（有关这一方面的讨论可参照笔者所发表的系列有关后农业文明的论文）。

第四，中国艺术乡建主要停留在经验层面和直觉层面上，碎片式实践，缺乏更深入和更系统的理论探讨。后工业社会和知识社会与工业社会及资本社会，最大区别在于重视理论的建构，没有足够的理论资源或理论探讨，许多实践都有可能是盲目的，推进得越快所犯的错误就越多。当下中国艺术乡建多停留在项目的层面，统一

1　方李莉：《中国乡村振兴的方向:从乡土中国迈向生态中国——艺术人类学视角》,《民族艺术》2019年第7期。

的平台建设不足，包括人才培育平台、学术交流平台滞后。虽然中国艺术乡建实践越来越丰富，但是系统化的理论与实践教育缺乏，艺术乡建人才无法有效保证。另外国内没有一个统一的学术交流平台，供人类学、艺术学、社会学、建筑学等学科内的专家、学者进行艺术乡建的理论探讨，无法为社会上的艺术乡建实践及时地提供意见、分享经验，这就导致中国艺术乡建的理论建构呈现碎片化、零散化等特点，同时对构建艺术乡建共同体在理论上也无法形成有效的支持。因此，急需建立一个全国性的学术平台，供所有有志于进行这方面研究的学者们在一起开展共同的理论探讨。

梁漱溟先生曾谈到，西方文化重在解决“生存问题”，但是当生存问题逝去后，人类“将从对物质问题之时代转入人对人问题之时代”，并认为，中国文化在转入人对人的问题时是有优势的。但是梁漱溟讲的这些中国的文化根脉不在城市在乡村，因此，要研究中国文化必须要从中国的乡土传统开始入手。

其实中国的乡土文化和西方的现代工业文明最大的区别还不仅是一个解决生存问题和解决人与人之间关系问题，还是一个不可持续的浪费文明和可持续发展的绿色文明之间的区别。由西方发展出的工业文明为人类物质的社会的发展做出了巨大的贡献，但其发展到今天遭遇到了来自自然资源和环境被破坏等不可持续的困境，而以乡土为基因的中国文化里所包含的许多生态的智慧和生态的知识，却可以成为一剂解决这一问题的良药。

如体现自然规律二十四节气等农业知识，体现传统哲学理念的"天人合一""阴阳互动"等乡土价值体系，体现审美理念"物我两忘""天趣之美为上"等乡土工匠知识，还有"知足者常乐"的人与自然和谐相处的生活态度等。这些曾被遮蔽的乡土价值需要得到重新的认识与体现。要做到这一点需要我们打破常规而致使乡土知识得以重现，这种打破常规的活动往往可以艺术来实现。在特纳看来，"先知和艺术家都有着成为阈限人、边缘人或者'临界人'（edgemen）的倾向。这些人满怀热诚与激情，要努力将那些与'占有地位'和'扮演角色'联系在一起的陈词滥调从他们的生活之中除掉，以此进入充满活力的、与其他人所构成的关系之中去，无论这种关系是真实存在的还是想象出来的"[1]。也就是说，艺术不仅可以参与新的文化场景和艺术场景的建构，还可以参与新的社会结构的再建构，从而凸显新的价值理念。包括激活传统的乡村文化价值与手工艺价值等，发展文化产业，旅游产业，这不仅是一种经济手段，更是一种文化的复兴手段和自然环境的保护手段。

总之，笔者希望通过艺术乡建而重新认识乡土的文化价值，并结合当下发生的第三次、第四次工业革命的基础上，提出了一个后农业文明的概念，并期待中国能成为率先进入发展这一社会模式的国家，进而为整个人类社会进入绿色的可持续模式贡献中国智慧，这也是中国式现代化发展的一部分。

1　维克多·特纳：《仪式过程：结构与反结构》，黄剑波、柳博赟译，中国人民大学出版社，2006，第129页。

加强艺术乡建 推动共同富裕

彭吉象*

“首届‘艺术乡建助推共同富裕’研讨峰会”的召开，十分重要、十分及时。党的二十大报告强调“全面推进乡村振兴”，浙江省在这方面先行先试，尤其是在艺术乡建助推乡村共同富裕的实践中，浙江省已经积累了许多丰硕的成果和宝贵的经验，非常值得我们认真学习、概括总结和深入研究。

2022年11月12日至13日，我们中国艺术学理论学会下属的一个二级学会即艺术管理专业委员会，曾经在山东管理学院举办了第十届年会。艺术管理专业委员会成立10年来，对于全国高等院校艺术管理的学科建设和人才培养起到了积极的推动作用。特别是关注时代的发展和社会的需要，不断提出新的任务，不断研究新的问题。2022年年底我们艺术管理专业委员会的主题是专门集中讨论关于“乡村文化振兴：艺术管理的历史使命”的重要问题，也是一次关于艺术乡建的高峰论坛。中国艺术学理论学会艺术管理专业委员会成立10年来，对于艺术管理的学科建设和人才培养起到了积极的推动作用。特别是关注

* 彭吉象：中国艺术学理论学会会长，教育部艺术教育委员会常委，北京大学教授、博导。

时代的发展和社会的需要，不断提出新的任务，不断研究新的问题。正因为如此，虽然艺术管理学是一门年轻的学科，然而，它又是一门朝气蓬勃、大有希望的新兴学科。特别是当前我国各方面迅速发展的大好形势，为我们的艺术管理提供了更多的实践机会，给我们艺术管理提出了新的任务与新的要求。2022年在山东管理学院举办的这次会议，既是我们艺术管理专业委员会的第十届年会，更是一场关于“乡村文化振兴：艺术管理的历史使命”高峰论坛。

由此可见，当前全国的文化界与教育界都不约而同地关注到了通过艺术乡建来全面推进乡村振兴这个具有时代意义的重大课题。从一定意义上讲，乡村振兴战略是我国解决“三农”问题，促进农村发展的重要法宝。因为乡村发展问题是我国社会主义现代化建设的重要因素，解决这一问题能助力我国社会主义现代化建设，实现中华民族的伟大复兴。在党的十九大报告中，习近平总书记就已经明确提出了“乡村振兴战略”，该战略为我国解决农村发展问题指明了方向，是指导农村发展的行动指南。“产业兴旺、生态宜居、乡风文明、治理有效、生活富裕”是落实乡村振兴战略的总体要求，同时也是农村发展的主要目标。在2022年召开的党的二十大报告中，习近平总书记更是进一步强调了“全面推进乡村振兴”。这为我国的乡村建设指明了新的发展方向。乡村是中华文明的源泉，同时也是社会秩序的根基所在。在乡村振兴过程中，振兴并修复什么内容是人们思考的重要课题。改革开放几十年来，在新经济系统下，人们的生活质量得到了有效改善，在乡村建设实践中，传统的建设方式及手段已经难以满足当下人们的精神生活及物质需要。尤其是随着经济全球化和文化多元化的发展，人们的思维意识形态发生了重大转变，在乡村建设的同时，越来越多的群体开始追求体验式经济及沉浸式感受，希望在一种贴近自然的环境中发展乡村，放松身体并感受生活。实施乡村振兴战略是我国全面建成小康社会的重要内容，涉及很多方面和问题，其中乡村文化振兴是乡村振兴战略的重要组成部分和题中应有之义。

基于这一目标，在农村建设发展中，应融入艺术乡村建设理念，即将艺术因素融入建设，这样能从物质和精神两个层面建设乡村，解决乡村发展难题，促进乡村的可持续发展。乡村文化振兴，将为实现乡村振兴提供文化支撑与经济动力。从这个意义上讲，乡村振兴战略，确实是一个具有时代意义的提法，是在对当下中国农村问题进行深刻剖析和认真研究的基础上提出的一项国家战略。在艺术乡建理念的指导下，人们提出用艺术的思维、艺术的理念、艺术的创作、艺术的形式改变乡村的整体形象。在实际操作中，首先要注重乡村产业的转型升级，即在农业经济发展中融入艺术理念，改变并优化传统生产形式，在提高农民经济收入的同时，改善农民物质生活与精神生活，做到农村经济振兴与社会稳定。其次在乡村文化建设中，应努力提升农民文化水平，确保其具有较高的艺术认知能力，进而改善农民的生活方式。乡风文明是农村建设及乡村振兴的灵魂，开展农村乡风文明建设应加强农村的社会治理，尤其是在现阶段，基于艺术乡建理念的社会治理应提升农民道德品质，改善管理结构，实现乡风文明，这为美丽乡村建设提供优良的人文环境。最后艺术乡村建设还应注重农村生态建设，即应在加强农村环境治理，改善传统村貌的同时，使得农村建设回归自然，最终建成环境良好、生态宜居的新家园，进而实现美丽乡村建设，为乡村全面振兴创造有利条件。

众所周知，中华民族作为一个以农耕开国的民族，几千年来中国的乡村文化创造并保存了世界上最有价值的农耕技术、农业遗产，还形成了一整套富有浓郁乡村情感和田园风味的文化系统，我们的祖先更是在从事农业生产的过程中，总结出一套“天人合一”和谐共生的哲学思想、“道法自然”修身养性的生活方式，以及对生命本体的参悟智慧。也正是由于这种追求和谐稳定、安详从容的农耕文明土壤，才孕育出“天人合一”“海纳百川”等富有民族特色的中国传统文化。在与天、地、人的交流中，中国先民创造了敬天法祖、崇德向善、仁义忠孝、节俭循环的生活智慧，形成了丰富多彩的生产生活方式，为世界文明进程做出了不可估量的贡献。不可否认，乡村文化是我们民族文化千百年来的根和魂。随着经济全球化和文化多元化的发展，当代社会中人们的思维意识形态也随之发生了重大转变，在城市越来越现代化的同时，越来越多的城市群体开始追求诗与远方，追求一种回归体验式感受，希望能够返璞归真，回到乡村，在一种贴近自然的环境中发展乡村，放松身体并感受生活。从这个意义上讲，乡村是中国传统文化的根脉，乡村的衰败意味着文脉的断裂；乡村的振兴意味着文脉的延续。从一定意义上来说，乡村振兴其实并不是我们在挽救乡村，而是乡村在挽救那些找不到心灵家园的人。将艺术乡建融入乡村振兴，通过具有感染力的形式去唤醒沉睡的传统和濒于消亡的非物质文化遗产，这也正是艺术乡建的价值所在。与此同时，我们还应该看到，在艺术乡建工作落实过程中，实现多元艺术的介入，不仅要加强人与人之间关系的协调，还应注重人与自然关系的协调。从艺术乡建过程来看，艺术介入乡村实践并不是简单地宣传艺术和审美，而是需要通过艺术元素的融合，构建美丽和谐的乡村社会，恢复乡村的礼俗秩序和伦理精神。从这个意义上来讲，艺术乡建以文艺介入乡村建设的方式，重新链接人与人、人与乡村、人与自然的关系，可以在崭新的时代条件下，恢复与建构我们中华民族千百年来“天人合一”“礼乐合一”的优良传统文化。

另一方面，21世纪以来，我们的文化艺术正以前所未有的多种方式，深深地融入社会生活乃至经济生活的方方面面。尤其是近些年，各级政府和社会各界对乡村发展、乡村振兴都给予了极大地关注、重视和不同程度的扶持，这其中有一支特殊的力量备受瞩目，即让艺术参与乡村建设，助力乡村振兴，从而为乡村发展注入新的生机和活力，也的确取得了良好的预期效果。实施乡村文化振兴行动，也就是艺术乡建活动，推动乡村文化繁荣兴盛，将会贯穿于实现农业农村现代化全过程。浙江省文联和浙江省评协这次会议聚焦“艺术乡建助推共同富裕”，就是为了认真地研究和探讨当前全国在乡村振兴中出现的许多新形势和新问题，尤其是针对我们浙江省艺术乡建中提出来的新任务和新要求。所以说，由浙江省文联和浙江省评协举办的此次“首届‘艺术乡建助推共同富裕’全国论坛”会议十分重要、十分及时。

必须指出，推动乡村文化繁荣兴盛是实施乡村振兴战略的现实需要，没有文化的振兴就没有乡村的振兴。实施乡村振兴战略将为乡村文化发展提供广阔空间。发展乡村文化对乡村振兴战略又有着积极的推动作用。开展乡村文化振兴行动，推动农业现代化，有利于夯实乡村振兴战略的基础。文化的渗透功能，可以促使文化与农业融合，形成创意农业、观光农业、品牌农业等，实现传统农业向现代农业的转型与升级。此外，乡村文化又是中华优秀传统文化的根和魂，保留着许多农耕文明的基因，保护和发展有地方特色、民族特色的乡村优秀传统文化，艺术助力乡建，捍卫乡村记忆，努力打造一批历史价值和人文特色的旅游名镇名村，扎实推进美丽乡村建设也是摆在我们面前的主要任务。与此同时，如何在乡村文化振兴中进一步实施“文化+N”的计划，充分挖掘乡村生态休闲、旅游观光、文化教育等诸多价值，积极开发农业的多种功能，推动传统农业创造性转化、创新性发展，在这些方面我们的审美教育可以说都是大有可为。

从这个角度来讲，浙江的艺术乡建工作可以给我们提供一些有益的经验。浙江省的艺术乡建工作起步早、成效大，完全可以说是走在全国艺术乡建排头兵的队列之中。早在2018年，浙江就开始乡村振兴五年行动，美丽乡村建设开始逐渐取得成就，特别是在迈向农业农村现代化和高质量发展建设共同富裕示范区的新阶段，浙江对推进农村文化繁荣发展提出了更高的要求。2021年，浙江省文联就已经在全省文联系统中全面部署了“艺术乡建”工作，明确要发挥艺术界的强大动能，以审美的普及与品质提升，助力全省乡村建设可持续性发展。尤其是2022年5月，浙江省委宣传部、浙江省乡村振兴局、浙江省文联共同印发了《关于开展“艺术乡建”助力共同富裕的指导意见》，让浙江的“艺术乡建”工作有了明确的指导性纲领和行动方案。2022年6月，《中国艺术报》专门刊发了一篇文章，即《艺术乡建——助力打造共同富裕的“浙江样本”》。文章中讲道：“十多年来，浙江省各地持续深入挖掘当地文化资源，积极引导社会文艺力量和艺术家参与乡村建设，而随着浙江省文联及各级文联组织的介入和参与，文联的组织优势、专业优势得到了充分彰显和发挥，‘艺术乡建’正逐渐成为浙江省文联探索艺术共建模式、助力乡村振兴的重要特色品牌。”尤其是随着《关于开展“艺术乡建”助力共同富裕的指导意见》正式出台，浙江省推动“艺术乡建”工作的框架逐渐清晰，一个联动乡村经济社会发展、生态文明建设的初步蓝图，也逐渐铺展开来。浙江省各个地区，纷纷通过文艺载体激活乡村资源，点亮乡村生活，展示乡村魅力，谱写共富新曲。浙江省文联党组书记杨守卫表示，“浙江省的‘艺术乡建’目前已积累了系列经验，走出了‘一条有浙江特点的共建共治共享共同富裕之路’。到2025年底，浙江省预计将打造50个‘艺术乡建’省级典型案例，建成100个省级艺术特色示范村、1000个市级艺术特色示范村，搭建一批‘艺术乡建’交流展示平台，将形成一批特色凸显的‘艺术乡建’品牌成果。”[1]

目前，浙江省内已有众多地区开展了多种多样“艺术乡建”的具体实践。不少地区启动了“文艺村长”项目，围绕百姓文化需求，选派专业人员下乡进村担任“文艺村长”，激活乡村的文化建设。浙江省派出的这些“文艺村长”不仅要协助所驻村展示与弘扬乡村文艺文化资源，帮助培育组建特色文艺团队、培养文艺骨干，还要用文艺的形式，帮助所驻村开展新时代文明实践、特色农产品宣传等多项工作，助力乡村振兴。这些文艺界专业人才，以“美”为媒，以“艺”为介，积极主动地参与到现实生活、乡村振兴的大舞台之中，以自己的专业特长为艺术乡村、乡村艺术的建设贡献才智。例如，2022年5月，湖州市文联、长兴县委和文联联合举办湖州市“文艺村长”试点启动仪式暨长兴县“文艺走乡村”活动，用文艺赋能乡村振兴，为共同富裕注入文艺力量。长兴县成为湖州试点单位，首批选派了10名专业水平过硬、具有较强组织协调能力和奉献精神的文艺志愿者，到该县10个有文艺基础且民众文化需求强烈的村担任“文艺村长”。一方面，他们通过建筑、雕塑、绘画、摄影、舞蹈、音乐等多种艺术门类与具体表现手法来融入艺术乡建，进行不同主题的创作，努力寻找多元文艺形式的最佳结合点，通过环境艺术、大地艺术、装置艺术、表演艺术、新媒体艺术等现当代艺术与民间艺术、民俗文化、乡村传统工艺等有机融合、最大

1　张璐：《艺术乡建——助力打造共同富裕的“浙江样本”》，《中国艺术报》2022年6月8日，第1版。

可能地激发乡村文化活力，另一方面，广大文艺工作者深入生活、扎根人民，在繁荣振兴乡村文化的同时，也会从当前广大农村火热的现实生活中吸取更多艺术创作的灵感，为自己的艺术创作奠定坚实的生活基础，从而创作出更多更好的艺术作品。

总而言之，艺术乡建是我国实施乡村振兴战略的重要举措，其对于农村地区发展具有深刻影响。在这个日新月异、飞速发展的新时期，人们只有充分认识到艺术乡建的重要意义，结合乡村振兴的要素，进行艺术乡建策略优化，才能有效地提升艺术乡建质量，促进农村地区的全面振兴与繁荣发展。我们相信，在中国共产党二十大报告精神指引下，加强艺术乡建，推动共同富裕，助力乡村振兴，任重而道远。让我们大家共同努力、不断探索，力争为这项功在当代、利在千秋的伟大事业做出更大的贡献。

“艺术乡建”须尊重乡村历史和文化传统

陈履生*

21世纪的中国乡村建设以此前的“三农”问题为背景，更有“脱贫”后的新时代高质量发展的需求，因此，在现代化潮流中的乡村建设，对于中国来说就有着重要的现实意义。显然，今天的乡村建设不同于20世纪中期的“扫盲”时代，而今天乡村人美好生活的幸福指数也不同于过去的时代背景。乡村建设应该总结一些经验或教训，可是，我们一般谈的都是成功的经验，反思一些失败的经验和教训，重新来认识那些对我们子孙后代有影响的教训，对于现代化潮流中的乡村建设尤为重要。如果建设破坏了历史文化传统的根脉，那不是修补难与不难的问题，而是再也回不去的致命问题。比如我们逝去的很多村落、宗庙、祠堂以及历史建筑、桥梁等。

乡村建设的核心应该是尊重乡村的历史和文化传统，珍惜乡村的自然和生态资源，维护原住民的生活和风俗传承。这三条应该成为基本的原则。如此来看乡村建设那就不应是城市化的那种建设与

* 陈履生：中国科技大学艺术与科学研究中心主任、博物馆馆长，中国汉画学会会长，中国评协造型艺术委员会主任。

发展，也不能成为现代化城市建设与发展的乡村版。乡村建设还是要保留乡村的特色，更不能违背村民的意愿。可是，如今成为典型的往往是一些利用乡村资源的产业加盟，这种消费乡村历史、文化、自然资源的产业，其商业化尽管有其产业自身的特点，也有可能带来乡村的一些经济利益，有的打造成为旅游的一个景点，有的甚至打造成了区域网红。然而，这种产业的加盟是对乡村本色的消解，尤其是可复制的产业特点，往往是形成同质化问题的根源之所在。那么，千村一面的流行化就成为目前乡村建设中最主要的问题。乡村建设与发展只有去除同质化，才能留住田园风光和乡间特色，才能使我们的乡村更乡村。

“艺术乡建”首先应该考虑到乡村原有的历史和文化传统，因为这是成百上千年积淀而形成的乡村中的文化根脉。它是离开乡村的年轻人的乡愁和记忆，山水自然、“天人合一”的生态系统依然按照日出日落的规律而运转。对外乡人来说，往往是一种猎奇，看不到这种历史和文化资源的根脉，一般所看到的只是历史和文化资源所焕发出来的当代的商业价值。“艺术乡建”如果没有限度地消耗这些资源，其结果就是城市化的发展带来的乡村文明的消失。应该像珍惜乡村自然和生态资源那样，在尊重的前提下珍惜那些现在已经十分珍稀的历史文化资源。显然，这应该是一些经济比较发达的地区成为热门“艺术乡建”所必须要注意的核心问题，并由此明确“艺术乡建”的基本原则。在“艺术乡建”已经开始流行的当下，应该清醒地认识到在乡村建设中，艺术不是唯一的选项，只是其中的一个选项。面对深厚的历史文化积淀，艺术在当代的融入并不是万能的，艺术家也不一定都具有点石成金的能力。那么，“艺术乡建”就不能是用价廉而无文化含量的挂红灯笼、画墙画、做主题墙来替代，而是要让艺术在区域中显现出符合乡村特点的多元性和多样化的风采，显现出世界文化多样性发展中的中国特色。“艺术乡建”应该用中国独特的乡村风貌来丰富世界文化的多样性，于世界文化的多样性中显现出能够看到的美丽中国。

早在20世纪80年代，一些画家进村而形成了画家村，改变了村庄的原有业态，也改变了村民的生活。可这经不住城市化的蚕食，地被征了，盖了高楼成房地产了，村容村貌消失了，画家只能搬到远离城市的更远的地方。应该说以北京画家村为代表的这种模式还不是现在所说的“艺术乡建”。“艺术乡建”是一种融入，是一种赋能，是一种提升。这就有个适度把握的问题。“艺术乡建”要尊重原住民的生活和风俗传承，这非常重要。不要轻易改变他们的生活方式和文化传承，比如他家门前有口井，那是完全融合到他们生活空间中的客观存在，是一种与周边关联紧密的生活相依。可是，你却要把井给艺术化，画上一些图案及其装饰，用新鲜的颜色遮盖历史的厚重，用人为的装饰改变自然的清新。原来这里民居的白墙是一种自然，浑然天成，你非得要画上和周边没有任何关系的墙画，而且那些绘画的水准实在是低下。这种用无知改变自然，用个人的偏好改变村民的生活，用流行的方式改变乡村的自然，对文化传承的破坏极其严重。更可怕的是一村看一村，一村模仿一村，在各种表彰和鼓励的引导下，在一个区域内就形成了一种潮流，形成了蔓延之势。

“艺术乡建”要对村民尊重。不能简单地用经济利益来指挥村民，也不是把村民的房子租下来开个咖啡屋来满足自己的一时兴趣，或者开家民宿来激发一些旅游资源。如果一个茶叶产区的村里出现了很多咖啡屋，不仅感到很奇怪，而且这种不搭调的本质是消解了茶乡的文化内涵，以满足城里人旅游观光的需要而改变了乡村文化的基本面貌。这种类似于咖啡屋和酒吧以及其他一些产业置入乡村之后，虽然只是在城乡接合部，或者是在离城市不太远的有着较好自然资源的地区，可是，基于文化扩散的一些规律，它对乡村的历史文化传承有很大的影响，有些破坏则是巨大的。本来是很美的田园风光，春夏秋冬四季分明，房前屋后种瓜种豆，鸡鸣狗吠，这是人家的生活，对村民的尊重就表现为起码的对村民生活方式的尊重。可是，村民集中居住后彻底改变的村容村貌，也彻底改变了历史形成的社会村落及其生活方式。让村民过上城里人一样的生活，首先要村民愿意。其中多数人是世代务农，已经养成了一种不可改变的生活习惯，而与之关联的各种手艺等文化传承的内容，都是基于这种生活方式产生。所以，“乡建”和“艺术乡建”不管是什么项目，都要以保留乡村的田园风光为皈依，只能让乡村更乡村。

在文旅结合的当下，“艺术乡建”的背景往往与这种文旅结合相关。结合也好，开发也罢，都要有一定的限度。在乡村要以淳朴和纯真示人，而不是用同质化的"艺术"来影响这种淳朴与纯真。在"尊重""珍惜""维护"的前提下，"艺术乡建"就必须要审视各不相同的历史和文化传统、自然和生态资源、生活和风俗传承，并在此基础上以艺术来赋能乡村建设。显然，强化"在地性"是避免同质化的一个重要方面，而让符合"在地性"的艺术契合历史和文化传统，在自然中表现出艺术加持的力量和神奇，那么，这种契合能够做到天衣无缝，至少让人们少看到一些"接缝"，就能表现出"艺术乡建"的水平。这就是"艺术"不能喧宾夺主。艺术只能是融入乡建之中，不能突出于乡建之外。而艺术置入的限度，则是一个考验。"适度"是很难把握的分寸，而现实中往往是夸大，有的突出了乡村中的一些有限度的技艺，也会放大一些专门人才的手艺，将它们的才艺扩展为一种普遍性，这就出现了书法村、摄影村、画家村、音乐村或某种手艺村等，这之中画家村最为普遍，即使本地没有几位画家，但通过一些优惠的政策而吸引外地的画家进驻，从而形成区域热点。这种艺术村究其本质与村民没有太多的关系，仅仅是一些闲置房租出去之后获得了一定的收益，然而，这种"艺术乡建"如果只是停留在几年前北京周边的画家村的状态，显然不是社会的发展，也不能反映新世纪、新时代提出"艺术乡建"的时代意义。

不能仅凭艺术改变基本的乡村文化面貌。艺术不能强加于民，更不该左右乡村居民的生活。在乡村建设中的艺术家要承担基本的社会责任，也不能忘却专业伦理，不能用个性的和在一定范围内的能力来改变乡村的历史、文化和自然。社会要关注“艺术乡建”的文化内涵和品质，要考虑可持续发展的问题。就目前的状况而言，一些项目的短视以及相关的问题已经显现，还有一些有待时间检验，这都应该有一些基本的评估。总之，只有深具品质的“艺术乡建”，才能在持续发展中惠及当下，造福子孙。

从“乡建艺术”到“艺术乡建”

——论民间文艺赋能乡村振兴

侯仰军*

2013年，中央农村工作会议强调：“中国要强，农业必须强；中国要美，农村必须美；中国要富，农民必须富。”农村美、农民富最终都要体现在田畴沃野上、青山绿水间，也就是乡村振兴上。近年来的社会实践证明，“艺术乡建”可以有效助推农村环境美、村民心灵美，进而实现农民物质生活、精神生活共同富裕，城乡共同发展。在这方面，民间文艺可以发挥不可替代的重大作用。

一、民间文艺与传统乡村建设

民间文艺是人类在与大自然共生共存中创造的，反映自己生产、生活和审美追求的文学与艺术，具有鲜明的地域和民族特色，包括民间文学、民间工艺、民间表演、民间习俗等。在古代社会，在自给自足的经济条件下，所有这些，几乎都体现在村落中、街巷

* 侯仰军：中国民间文艺家协会分党组成员、副秘书长。

里。传统的乡村建筑，包括附丽在其上的艺术，基本上都是村民自己动手建成的，是真正的“乡建艺术”，也真正体现了“艺在民间”；民间文学、民间工艺、民间表演、民间习俗维系了几千年的传统乡村社会秩序，让一代又一代的中国人过着邻里相安、悠闲自适的生活，至今还在乡村社会生活中发挥着重要的作用，对增强历史自觉、坚定文化自信，为中华文化培根固源，为中华民族塑魂铸魂，为新时代文化振兴赋予巨大的能量。

如果问中国的“乡建艺术”最大的特点是什么？那就是异彩纷呈、别具一格。中国的“乡建艺术”特别是其物质表现形式古村落之所以被称为“传统文化的明珠”“民间收藏的国宝”，就是因为它个性鲜明，是传统文化的重要组成部分，凝聚着千百年来无数能工巧匠和普通民众的聪明才智。北方的四合院，西北黄土高原上的窑洞，皖南的徽居，福建的土楼，桂北、湘西、鄂西、黔东南的吊脚楼等，都是因地制宜，充分利用当地物产，就地取材，与生产、生活息息相关。不仅具有审美价值，更重要的是具有民族的精神价值，反映着我们民族特有的文化风度、精神气质和心灵历程。古村落的选址布局、空间组合、营造技艺、装饰装修等无不透射出浓郁的人本追求、人文精神，体现了立足于农耕社会和血缘宗法制度上的中国传统文化的智慧。

古村落里不仅有众多的物质文化遗产，也有众多的非物质文化遗产，有着独特的民俗、信仰、技艺、人文环境。就拿民间习俗来说，林林总总的民间信仰里，体现着我们这个民族的价值观和审美诉求。河北省井陉县，一个人口不过30多万的位于太行山东麓的小县，却有着数不胜数的村落庙会。如南峪镇台头村的邳神庙会，会期6天。祭祀的邳神，本名邳彤，系东汉光武帝刘秀云台二十八将之一，在当地民间传说中被称为救助百姓的“药王”。庙会期间，邻近的很多乡镇，甚至山西省娘子关、旧关、井沟等方圆百里的村民前来参会，主要活动有请神、跳神、诵经、踩街、戏剧、马戏、歌舞、拉花、杂技、社火、旱船、武术、魔术、高跷等。庙会正日的踩街活动，尤为壮观。人们用三层木轿抬着邳神像游走，身着彩服的数十支逾2000人的文艺队边走边舞，炮声、歌声、吹奏声震天动地，以此来表达村民的感恩意识，祈求消灾祛病、吉祥平安。

浙江省嘉兴市西塘镇有个“七老爷庙”，里面供奉的不是神灵，而是一位曾经拯救了全镇人性命的大善人“七老爷”。每年农历四月，七老爷庙会都十分热闹，镇里的水上戏台会连演三天大戏。据说明崇祯年间，西塘一带遭遇大灾，百姓只能靠树皮、草根为生。恰好七老爷（姓金）押运皇粮进京，来到西塘。七老爷见镇上人人面露饥色，家家无米下锅，十分难过。船上的稻米可以拯救西塘，但私分皇粮可是杀头大罪，七老爷思前想后，一夜未眠，最后做出了艰难的选择。第二天清晨，他假传圣旨，说朝廷准许赈灾放粮。西塘的百姓得救了，自知性命难保的七老爷却投河自尽了。为了感谢七老爷的救命之恩，西塘人在雁塔湾旁修建了一座庙宇，供奉七老爷。300多年来，庙会从未间断，滴水之恩当涌泉相报，七老爷的故事在西塘代代相传，影响着一代代西塘人。

这样的活动，不论是过去、现在还是将来，都能起到健身健心、敦亲睦邻、寓教于乐、寓教于行的效果，同时满足了村民的精神诉求，释放了心理压力，在传统乡村建设中发挥了不可替代的作用。

二、艺术乡建与民间文艺赋能

20世纪80年代以来，随着城镇化的大力推进，生产技术的提高，农民生活的改善，农民工的大量进城，“乡建艺术”遭到了前所未有的冲击：传统村落急剧减少，传统建筑大量消失，传统技艺面临失传的窘境……对此，党和政府及各级文联民协组织高度重视，采取一切措施，保护古村落，保护中华民族的精神家园。

2005年10月，中国共产党第十六届五中全会通过的《十一五规划纲要建议》中提出了“推进社会主义新农村建设，促进城镇化健康发展”的要求。2017年10月中共十九大作出“实施乡村振兴战略”重大决策部署，要求“按照产业兴旺、生态宜居、乡风文明、治理有效、生活富裕的总要求，建立健全城乡融合发展体制机制和政策体系，加快推进农业农村现代化”。在党的二十大报告中，习近平总书记再次强调：“统筹乡村基础设施和公共服务布局，建设宜居宜业和美乡村。”在此背景下，传统的“乡建艺术”开始向“艺术乡建”转变。

所谓“艺术乡建”，应该是艺术家、专家学者和村民在党、政府组织领导下，传承、弘扬依然保留在乡村的优秀传统文化，满足村民和外来游客的审美追求，促进乡村振兴。艺术乡建既包括有形的建设，即“塑形”，包括整体规划、个体建设、室内室外装饰，给村民建设一个“安乐窝”，给游客建设一个赏心悦目的“打卡地”；还要包括无形的建设，即“塑魂”，建设一个有乡土味道、有文化灵魂、有地域特色的美丽乡村。

艺术引领新生活，民间文艺是灵魂。民间文艺中的神话、传说、民间故事、民间歌谣、民间说唱、民间小戏、民间表演、民间工艺以及社火、庙会、节日、礼仪等涉及乡村生产、生活、生态的方方面面。在乡村振兴的五个方面，民间文艺至少与产业振兴、文化振兴、人才振兴、生态振兴四个方面有着密不可分的关系。

在“塑形”方面，民间工艺如农民画、剪纸、雕刻等可以发挥主力军作用。主题好、形式美是农民画的两大特点，既可以创作农民画工艺品、农民画纺织品、农民画纪念品等系列农民画文创产品，还可以用于乡村美化。浙江省衢州市的余东村，人口才800多人，却有“中国十大画乡”之美誉，荣获中国十大美丽乡村、中国美丽休闲乡村、全国文明村、全国美丽宜居示范村、全国民主法治示范村等称号，是国家AAA级景区。余东村的农民画家“白天扛锄头，晚上提笔头”，数十年如一日坚持创作，形成了当地一道特别的风景，走出了一条从“一幅画”到实现物质富裕、精神富有“双丰收”的艺术振兴乡村之路。

在山东省青州市，农民画作为当地特色农村文化产业，促进了当地经济的发展、社会的繁荣，带动了一大批农民增收，年交易额在4000万元以上。农民画提升了广大农民的文化素质、审美水平，丰富了业余生活，增添了生活情趣。东沙营村的马季青，是一位土生土长的农民，经过多年学习，成为一位画技高超的农民画家。“一手拿锄头，一手拿画笔，农忙时种地，农闲时作画”是他真实的生活写照。他走出画室，在房前屋后画下明亮的色块，找到了农民画和乡居美化之间的契合点，使农民画这项传统绘画形式，成为农村乡居美化的新方式。据马季青介绍，在村里画70块钱一个平方米，在外面100块钱一个平方米，七八个人大概用3天能画完。一年之中，马季青大概有两三个月外出画画，一年能赚几万块钱。

在“塑魂”方面，民间文学有独到的优势。以民间歌谣为例。民间歌谣是民间文学的一种，也是最活跃、最有创新力的民间艺术形式。民间歌谣历史悠久，在文字产生之前就已存在，是生产和生活的艺术描述和口头记录。民间歌谣好学易唱、通俗易懂、老少皆宜，往往用最简单的语言揭示最深刻的道理，鲜明、直接地表现人们的精神向往、自我追求、道德准则和价值取向。普通民众的气质、审美、灵气、想象力、创造力和聪明智慧，充分彰显在其中。正如清末著名诗人黄遵宪所说：“十五国风，妙绝古今，正以妇人女子，矢口而成，使学士大夫操笔为之，反不能尔：以人籁易为，天籁难学也。”可以说，“人籁易为，天籁难学”是对民间歌谣乃至口头文学最好的褒奖。民间歌谣中的劳动歌、情歌、儿歌至今在广大乡村备受喜爱，在潜移默化中起到了慰藉心灵、活跃生活、传播知识、教育后代、凝聚人心和弘扬积极向上、乐观豁达、团结奋进、勇敢自信的作用。

浙江民间文艺资源丰富。民歌有号子、山歌、小调、灯调，民间说唱有莲花落、道情、评话、湖州琴书、平湖调，民间工艺有东阳木雕、青田石雕、乐清黄杨木雕、蓝印花布、竹编、麻秆编、草编、乐清细纹刻纸、浦江戏曲剪纸、仙居无骨花灯、海宁花灯、风筝、木版年画、农民画、畲族服饰等。至于民风民俗，处处折射出人民生活相对富足的特色，在这里搞艺术乡建，资源十分丰富。

鲁迅先生的小说《社戏》，相信大家都读过。绍兴水乡社戏历史悠久，早在南宋时期，大诗人陆游就写下了“太平处处是优场，社日儿童喜欲狂”的诗句。绍兴社戏汇集和体现了不同剧种的表演风格，充分展示了当地丰富多彩的民风民俗。2022年11月，绍兴市越城区政府以“社戏”为载体，围绕鲁迅先生小说《社戏》中的真实原址，结合孙端特色资源，融合呈现“非遗民俗+鲁迅文化+乡村振兴”，举办了雅俗共赏的2022年第一届“水乡社戏”活动，让水乡社戏展现了时代风貌。为期6天的活动围绕“古城焕新、小镇古戏、戏起绍兴、看见未来”为主题特色，邀请来自市内外11所高校的师生团队围绕船体进行彩绘艺术创作，同时将乌篷船自由划比赛、社戏海选、社戏会市等沉浸式互动体验囊括其中，实现多元素碰撞融合，首次全方位立体展示鲁迅笔下鲜活、生动、有趣的绍兴，吸引了2万多位观众。由此可以看出，民间文艺赋能艺术乡建大有可为。

三、艺术乡建应当是艺术家、专家学者和村民在党、政府组织领导下的共建

有的学者说："艺术乡建是指由当代艺术家激活传统文化，并以实践的方式介入村落建设，用艺术推动乡村复兴。同时，村落也成为了艺术家介入社会发展的艺术现场。"这种说法，把农村、农民看成了纯粹的客体，忽视甚至无视了依然存活在村落中的丰富的民间文艺和传统文化。艺术乡建应当是艺术家、专家学者和村民在党、政府组织领导下的共建，不应该是艺术家的独建，更不是艺术家的自娱自乐，当地政府和村民尤其应当发挥主体作用。在艺术乡建中，政府要积极统筹主导、组织协调，在人、财、物方面大力支持，吸引更多资金投入乡村建设。同时，作为村落的主人，艺术乡建最大的受益者，当地村民更应该发挥作用，充分表达自己的诉求。

艺术乡建成功与否，要看村落的原住民是否喜欢，是否接受。原住民与置身于其中的村落是一个整体，是当地文化的创造者、承载者，只有他们才能真正持久地保护其特有的民俗、信仰、技艺、人文环境等文化遗产，也只有他们才能真正理解这些文化遗产的意义与价值。当然，创新更是必不可少的。20世纪50年代拍摄的电影《柳堡的故事》，其插曲《九九艳阳天》，歌词大量运用了民间的素材和民歌中赋比兴、问答和重复等表现手法，充满着浓郁的地方风

味和民歌情趣，让人百听不厌，是传唱半个多世纪至今仍保持着旺盛生命力的经典音乐作品。《九九艳阳天》唱红了柳堡，唱红了宝应，也给人们留下了对苏中的美好回忆。

艺术家、专家学者作为艺术乡建重要的一方，要把新的艺术和理念植入乡村、植入农民的生产生活，但要注意，必须与传统的乡村生活相结合，与优秀传统文化相结合。否则，就会不土不洋，贻笑大方。有的地方，把艺术乡建搞成了“建庙造神”，看起来很乡土，实际上很落后；有的地方，艺术乡建就是在村里画一些卡通画，跟乡村整体景观很不协调，人们难以接受。更有甚者，个别艺术家把乡村当成了自己的画室，“艺术乡建”没有特色，雷同性很强，艺术家“移情别恋”后，乡村又被打回原形，徒然劳民伤财。因此，艺术乡建必须体现一个“乡”字，要因应自然，依托现有山水脉络等独特风光，让人们望得见山、看得见水、记得住乡愁，真正感受乡土风物之美、民艺之美。

据报道，2017年，浙江提出“万村景区化”战略，浙江文旅率先迈入“村”时代。从2017年到2022年，浙江景区村庄共接待游客13.68亿人次，实现旅游收入1432亿元。这还是在新冠肺炎疫情防控的巨大压力下取得的成绩。乡村旅游之所以受到城里人、年轻人的追捧，就在于乡村景色千村千面。浙江素以“十里不同风、百里不同俗”著称，丰富的民间文化资源广泛留传于乡村，是乡村旅游独一无二的资源。

四、艺术乡建促进共同富裕

马克思说过："人们为之奋斗的一切，都同他们的利益有关。"人民群众对一件事的支持程度，取决于这件事对人民群众利益的满足程度。艺术乡建既要"塑形"，更要"塑魂"，同时，还要满足人民群众不断增长的多样化的利益需求，促进共同富裕。这个共同富裕既是村民物质生活和精神生活的共同富裕，也是城乡的共同富裕。

在促进村民精神生活富裕方面，民间文艺可以发挥的作用，前面已有论述，在满足城乡居民物质生活需求方面，即推进"产业兴旺"方面，民间文艺依然可以发挥重要的作用。

要实现乡村振兴，必须推动产业发展，没有产业就留不住人，乡村振兴就是空话。"产业兴旺是根，文化传承是魂，生态宜居是基，人丁兴旺是本"，这个产业，也包括文旅产业。

2022年，文化和旅游部、教育部、自然资源部、农业农村部、国家乡村振兴局、国家开发银行联合印发的《关于推动文化产业赋能乡村振兴的意见》，将文化产业赋能乡村振兴纳入全面推进乡村振兴的整体格局。艺术乡建应在深入发掘自然景观与文化基因的基础上，培育特色文化产业。数据显示，我国73%以上的非遗项目保存在乡村，比如剪纸、泥塑。截至2022年6月，全国各地已设立非遗工坊2500余家，其中1400余家设立在脱贫县，这些非遗工坊，在带动当地农民就业增收方面发挥了重要的作用。如山东省费县朱田镇崔家沟村的“费县手绣”非遗工坊，面向贫困户、残疾人、老年人、妇女等特殊群体，推行“培养+传承”模式，采取“固定+灵活”就业方式，送货到户、工资日结，带动500余人实现就业创业，人均年增收2万～3万元，为促进当地群众增收、手绣产业发展和乡村振兴作出了积极贡献。2023年春节期间，在宁夏回族自治区银川市镇北堡西部影城剪纸代表性传承人伏兆娥的工作室里，游客排队购买伏兆娥现场创作的兔年剪纸作品。剪纸艺术融入贺卡、挂历、丝绸剪纸和精装文化礼品等文创产品中，成为许多人脱贫致富的技艺。

在民间文艺助推共同富裕方面，各地区发展很不平衡，民间文艺的各个艺术门类也有各自的优势，浙江、江苏、江西等省的一些城市如杭州、苏州、景德镇等用民间工艺产业化推动百姓致富，已经有了很好的成效，但多数地方还处于起步阶段。一大批有特色的国家级和省级非物质文化遗产没有形成产业化，有的传承乏力，甚至生存艰难，观念落后、创新不足是一大原因，需要大力促进民间文艺尤其是民间工艺的生活化、时代化。各级政府和社会组织也要在筹措资金、营造创新环境上多下点功夫，提升民间文艺产业的发展水平，激发民间文艺家的创新意识。我们相信，随着艺术家、专家学者走进乡村，走进老百姓的生活，会有越来越多的民间文化和非遗项目被挖掘出来、弘扬起来、传承下去，艺术乡建之花必将开遍中华大地。

艺术乡建与精神幸福

薛富兴*

目前浙江正在推动的“艺术乡建”似可理解为当代中国新农村建设走共同富裕道路的浙江方案，这一方案的特点就是以丰富多样的艺术创造、创意活动为媒介、为载体，实现城市回馈乡村，以观念文化的手段助推乡村经济建设，最终服务于村民的全面发展与精神幸福。

一

“仓廪实而知礼节”。21世纪的中国进入一个全面建设小康社会、实现民族伟大复兴的新时代。进入“后温饱时代”的中国人，其人生追求的内涵、范围与层次发生了崭新的变化。当全体国民的物质生活水平逐渐改善后，“精神幸福”这一新的人生奋斗目标成为时代主题。当代中国人不仅追求活得富裕、舒适，进一步追求能活得更充实、丰富、细腻和高远一些，能够远离各种不健康的生活

* 薛富兴：南开大学哲学院教授。

方式与心理问题。中国人从未表现出如此强烈的精神渴望与意义追求，当代中国正迎来一个人文价值觉醒、精神需要迫切的时代，这是一个价值追求强烈，需要得到价值关怀的时代，因而也是一个观念文化建设和精神关怀事业大发展的黄金时代。改革开放以来，浙江的经济发展一直处于全国前列，成效显著。现在，又率先提出“艺术乡建”这一崭新理念，可以说浙江已然把握住未来中国乡村社会高层次发展的脉搏。我愿意将浙江的“艺术乡建”这一创举理解为如同当年在深圳设立特区一样，是在为全国乡村未来的高速高质发展作先行先试的样板，是通过促进乡民精神幸福这一环节推进中国当代新农村的建设。

二

如果从美学的角度看，浙江目前正在推动的“艺术乡建”工程，实际上是一场在乡村开展的很接地气的社会美育运动，也可以理解为乡民对自己的审美教育。我一直把审美，也就是各种形式的美的创造和欣赏活动理解为人类精神生活的原初形态，人类各种物质生活需求满足之后所过的第一种精神生活。以艺术代表的美的创造和欣赏由于是感性的，调动了人们的各种耳目感官和喜怒哀乐情绪，最容易进入，因此，审美所展开的感性世界也就成为引领人们从物质生活向精神生活迈进的方便法门，成为最具大众性的文化生活。在这里，“艺术”实际上就是“美”和“审美”的代名词。

什么是艺术所代表的审美精神？我们可以概括地把它理解为这样一些理念。首先是人们面对世界的一种超物质功利的精神性态度。有了它，一个人可以活得更洒脱一些；没有了它，一个人可能就会一生成为物质追求的奴隶。

审美精神也是一种创造精神。社会美育通过艺术培育每个公民的精神个性和创造能力。有了这种创造精神，每位国民就会乐于且善于为这个世界提供一些新事物、新观念，不愿走传统老路，不愿人云亦云。在此意义上，审美精神的培育关系到全体国民的创造欲望和能力，属于第一生产力。

对个人来说，审美精神还是一种自觉地拓展自我、完善自我的意识。有了它，人们愿意于日常生活中、职业生涯外，以业余爱好的形式多方面测试自己的各种精神需求与能力，以各种途径丰富自己的生活，全面地发展自己。

虽然美和艺术如此重要，可是我们最好不要一开始就把它们说成是一种“高大上”的东西，而可以把它们理解为一种对每个人来说生命中最基本的东西。我更愿意把美的创造和欣赏首先理解为一种健康娱乐。因为与吃酒、打麻将和赌博等有害于身体健康与社会和谐的传统娱乐相比，创造和欣赏艺术，只会让人们赏心悦目，不会产生其他不良后果。晚清时期的王国维之所以大力提倡美育，正是因为他看到当时的中国鸦片横行，成为一种“国民娱乐”，为害甚烈，所以才希望人们能用艺术欣赏这种健康的精神生活代替吸食鸦片。古代文人经常将吟诗、作画和抚琴等称为“自娱”，即健康娱乐也。

不要让各种美和艺术的创造与欣赏成为城里人的专利，成为大都市才能有的“高大上”活动。从人类发展史上看，美与艺术本来就产生于民间，起于我们古老乡村的祖先。现在，“艺术乡建”不过是将本属于乡村的东西请回来，让它们魂归故里，并重新安生于故土。

艺术到底可以用来干什么？当然，首先可以用它来培育乡村产业，让广大乡民致富。但是，接下来呢？艺术本质上是人类的精神生活、精神活动，服务于人们的精神幸福。因此，以艺术的手段追求富裕，有可能是大材小用、高材低用。因此，我希望浙江在“艺术乡建”工程中，能推出更高的新版本：将艺术作为丰富乡民精神生活，提升乡民精神幸福指数的手段，而不只是将它理解为经济上致富的途径。

依我的理解，“艺术乡建”并不是原来的艺术搭台，经济唱戏，因为那样还是从物质利益的角度理解美与艺术，我相信浙江人民的生活水平已经超越了这一阶段，不再需要如此狭隘地理解艺术了。我所理解的“艺术乡建”大概是这样的一种情形。各地村民在完成一天的劳作，还有精力和时间上的闲暇时，不再满足于原来的吃酒、打麻将等娱乐形式，而是能培养起自己新的感性趣味，开始像城里人那样，学点儿吹拉弹唱，找到自己喜欢的艺术门类写写画画，以载歌载舞、诗情画意的形式丰富自己的业余生活。但是，所有这些活动，其核心目的并不是为了取悦外地的游客，从而拉动当地经济，而是为了让自己每天都过得心情舒畅，生活丰富多彩。在两千多年前的周代，中国人就开辟了“诗教”“乐教”的伟大传统，让古代的中国人活得很有品位，成就了“诗国”的荣耀。如果现在我们通过“艺术乡建”的努力，让当今的每一位村民都能培育起一种艺术情趣，有一种表达自己才华的独特技能，让每个院落、每个村镇都在农闲时丝竹之声盈耳。从此之后，村里人不再多余地羡慕城里人，城里人会玩儿的村里的人们也能玩儿，实现了观念文化层面的城乡平等，那该是一个多浪漫的当代文化景观啊！

从美学的角度看，美的创造和欣赏的范围要比艺术更宽广。因此，也许我们可以将“艺术乡建”理解为“审美乡建”，就是用美的创造和欣赏活动全范围地覆盖“乡建”。那么，美的创造和欣赏的范围到底有多大呢？实际上，人类的审美活动包括了四种基本形态：自然审美、工艺审美、艺术审美和生活审美。

自然审美：就是对天地自然各种对象和现象的欣赏。在现在的学校美育中，人们往往把美育理解为艺术教育。实际上，欣赏美的趣味和能力应当首先在大自然课堂中培育。如果我们面对大自然的各种天然造化——山川河流、飞鸟走兽和树木花草麻木不仁，无有所动，那么当我们面对艺术时便失去了欣赏和创造的原动力，大自然永远是人类的导师。因此，培育人敏锐的眼光和敏感的心灵，应当从欣赏天地自然之美开始。欣赏自然，不等于追逐屈指可数的名山大川、风景名胜，只有当你能从容地发现自家田地和院落中那些极普通的花花草草的不平凡之处，为它们所吸引时，才真正拥有了一颗感知自然美的心灵，才是大自然的知音。欣赏自然不仅是一种审美趣味，它同时也是一种深度了解自然的科学爱好，尊重和关爱自然的环境美德。

工艺审美：它是指人们将日常生活的实用对象、工具与环境打造成既美观又好用之物，根据美善兼顾的原则美化生活，在满足人们审美趣味和个人创造力的同时，提高自己和他人的生活品质。因此，也就有了“生活美学”的概念。我们需要走出传统的艺术崇拜，因为各门类艺术的空间是有限的。艺术再美，我们也不能老待在那里，因为我们还需要生活。所以，真正广阔的美的创造和欣赏天地，并不是各门类艺术，而是每个人的日常生活。美的理想国不在艺术，而在日常生活领域。让我们所有的日常生活工具、对象和环境都能既实用又赏心悦目，这是工艺审美的最终目标，我们可以将这种状态理解为“审美共产主义”。社会大众的审美才能应当更多地表现为其工艺才能，而不是艺术才能。如果每一位普通的劳动者都有能力将自己的劳动产品升华为兼顾美善的工艺品，我们就可以说：我们已然生活在一个美的王国里，实现了“审美共产主义”。

艺术审美：艺术是人类在精神生产领域走向专业化的结果，它与科学、哲学、宗教一样，是人类于日常物质生活领域之外，为自己开辟的一种专门化的精神生活领域，服务于人类的精神健康与价值关怀。人类为什么要有艺术？因为人们生活在一个天天服从于自然界的，遵循各种物质规律和社会法则的世界里，人们感受到了种种不自由。所以，人类就专门开辟出一个特殊的感性精神空间，以放飞自己的心灵。艺术是人类克服现实的物理与社会时空局限，追求自我解放和自我超越的有效手段。人类的心灵有多广阔，艺术的世界就有多广阔；反过来也可以说：人们的艺术创造和欣赏能走多远，人类的心灵也就能走多远。自我超越、自我创造的趣味与能力，是艺术生产与消费的核心秘密，这也是我们重视艺术教育的根本原因：一个没有能力创造伟大艺术的群体，很难在人类的科学与哲学领域攀登高峰，因为在心灵自由和自我超越这一点上，它们是相通的。所以，推动艺术教育实际上是在提升整个民族的精神创造能力。

需要补充的是：现代各门类艺术已经进化为一种高度专业化的精神生产，入门也许容易，达到高境界很难。因此，“艺术乡建”中将各种工艺和艺术引入乡村，大概需要避免“一刀切”的人为拔高冲动，就像当年“大跃进”时期曾出现过的追求“人人是诗人，每县出一个郭沫若”那样，大可不必。“社会美育”意义上的“艺术乡建”是面向广大村民的审美趣味启蒙，工艺和艺术创造初级技能的启蒙。重点是培育人人都爱美，喜欢欣赏美的感性趣味，而不是人为地将每个村民都塑造成各门类艺术专家，那样的目标是不必要的，也难以实现。村民喜欢上艺术就好，因喜欢艺术而日子过得有滋有味，快快乐乐就成。

生活审美：美化每个人的日常生活是生活审美的核心要义，努力使我们日常生活各个要素与环节像艺术一样美好，就是生活审美的目标。生活审美包括人格、人境与人情三个方面。简单地说，

“人格之美”就是每个人努力从内到外地塑造一个最理想的自我，在他人眼里有人格魅力的自我，从服饰装容、文化修养、生活能力到德性塑造，等等。“人境之美”就是努力美化自己的日常生活环境，从居家环境到公共环境。如果说“绿水青山”的营造是在美化我们日常生活的自然环境；公序与良俗的维护则是在创造一种高质量日常生活的社会环境。“人情之美”则更有深意存焉，我愿意在第“三”部分专门给予讨论。

三

当代中国正处于千古未有之变局，人们的内在精神秩序——价值观念、心理依托亦处于革故鼎新的巨变中。国民生活方式之急剧变迁将会引发普遍的秩序紊乱和心理失衡，会带来一系列的社会问题和精神问题，严重地影响当代中国人的生活质量、精神幸福。于是，重建精神秩序，经营温暖人情，便成了当代中国观念文化建设的重要课题。

中国人特别看重现实的人际关系，特别看重社会和谐、人与人之间的相互同情与关爱，个体之间有一种特别的相互依恋的心理，把父母子女感情、兄弟姐妹亲情、夫妇情爱，以及朋友之谊视为现世之乐、人生幸福的重要部分。中国人度过艰辛人生，不是靠至上神的安慰，而是靠社会成员间的相互物质与心理的支撑。他们首先以道德实践的名义奉献了，也就特别地看重这份成果，很满足于这份世俗人情。在这个意义上，他们已成功地将伦理之善转化为审美之美，将伦理实践转化为生活审美。这两者在古人看来其实是“一而二,二而一”的东西。立足于最后的精神价值与心理效果，立足于今天的学科意识，我们可以把中国古代这种发达的伦理文化传统理解为自觉经营、创造人情之美的生活审美传统。

> 嘤其鸣矣，求其友声。相彼鸟矣，犹求友声；矧伊人矣，不求友生？神之听之，终和且平。(《诗经·伐木》)
>
> 妻子好合，如鼓瑟琴。兄弟既翕，和乐且湛。(《诗经·常棣》)

这是《诗经》对人人以和社会温暖人情的描绘。

> 君子有三乐，而王天下不与存焉。父母俱存，兄弟无故，一乐也。仰不愧于天，俯不怍于人，二乐也。得天下英才而教育之，三乐也。君子有三乐，而王天下不与存焉。(《孟子·尽心上》)

孟子把“父母俱存、兄弟无故”当作人生之乐的重要指标，这是中国人很典型的人生幸福观。

自觉经营和谐人际关系，悉心体验温暖人情是中华古典审美传统的重要组成部分。个体与群体关系始终是人类文化之基本课题，古今同然。人际交往仍是当代人类现实生活的重要内容；社会关系成功与否，仍是当代人人生幸福的最基本因素。值此社会大转型的关键时刻，重温中华伦理文化、生活审美传统，全面反省中西伦理、审美思想资源，积极倡导以温暖人情经营和体验为基本内容的生活审美，谋求伦理实践与审美生活的融合，对当代中国人的精神幸福而言，具有特别现实的意义。

生活审美以伦理之善为基础，社会个体成员切实地克己奉公善行是生活审美的前提，因此生活审美首先是一个伦理实践问题。个体生命的有限性是生活审美的切实起点，正因个体人类的有限性，正因每个人都难以独存，须与同类相伴而行，方可较顺利地度过人生，所以才需要每个人与他人合作，处理好人我关系。这就需要每个人适度克制自我的欲望，适度地向他人让渡自我利益，以此谋求人我合作共处，实现个体生命更好地生存和发展，这是人类个体最基本的理性生存智慧与感性生命体验。生活审美强调的人情美实际上就是类意识，就是对同伴合作、相携而行、共度人生这一人生基本事实之共同体验与记忆，由此而促进人与人之间的相互同情、关爱和精神依恋。一切社会关系都是人生共同体，各种人际因缘都是人生伴侣因缘，一切人情均是人生伴侣之情。

中国文化传统强调“人人以和”的社会心理价值，努力创造人与人之间的社会性温暖人情，强调每个人先为群体尽责任与本分，然后从这个群体中得到心理关怀，使社会关怀成为每个人的人生价值。这一点对当代大众的精神幸福仍然十分重要。提高每个人的道德自律意识与责任意识，通过创造和谐社会关系而提高每个人对同类的心理依赖感，使人与人之间的爱与关心成为个人人生质量的重要方面，是当代精神文明建设、追求人的全面发展的重要内容。

从美学的角度看，我们可以把目前浙江所推动的“艺术乡建”工程理解为面向广大乡民所开展的一场“社会美育”活动，理解为“以美建乡”。美的概念远远超越了艺术的形式，有更丰富的内涵。比如，因为欣赏青山绿水而培育环境保护意识，比如因村民间的互助互爱而营造出温暖乡情，都属于美的创造和欣赏范围。概括地说，这种“社会美育”与“以美建乡”可以培育三个方面的东西：（1）培育人们超越物质财富崇拜，以非物质功利心追求满足个人的精神性爱好和审美趣味。（2）培育人们自由发挥天赋的精神创造力。如果每个村民都能发挥了自己的自由创造能量，这个乡村就是一个有勃勃生机的乡村。（3）培育人们通过自律互助营造温暖人情的人情之美。这种“以美建乡”的“社会美育”，政府与社会各界只是起个头，起引导作用，它最终是一种乡民的自我熏陶、自我提升和自我享受的新乡民塑造行为。因此，这是一种让广大乡民在丰富多彩的美的创造和欣赏活动中培育审美趣味、发挥精神创造力，提升自我生活品位的活动。艺术之外，还有保护自然、欣赏自然，还有营造温暖人情，提高广大乡民人生幸福感的内涵。因此，“艺术乡建”实际上只是起了个头，还有许多有价值的事情可做。

从“社会美育”的角度看，“艺术乡建”的内涵应当不限于艺术，不能把“艺术乡建”仅理解为教村民的吹拉弹唱，载歌载舞。

“艺术乡建”的最终目的是促进村民的精神幸福，让他们对自己的生活本身满意，这就不是艺术情趣和技能可解决的问题。立足于美学，特别是“生活审美”，我们认为艺术美的创造和欣赏之外，更重要的是培育“人情之美”，让人们在自己每天的日常生活中能真切体验到亲情、爱情、友情与乡情，因依恋这些世俗人情而觉得自己的人生有意义。“艺术乡建”活动可以将德性启蒙引入进来，从艺术教育、审美趣味培育上升到乡民德性培育、“德性暖乡”的层面。要让大家明白：唯利是图、为富不仁不可能是成功的人生，过着家庭里鸡飞狗跳，邻居间大打出手的日子，不可能有人生幸福感。互相扫兴、互相伤害的人生，再富裕也是不值得拥有的。这就要求每个人都有德性，日常生活中高度自律，不侵害家人与邻居的各种利益，乐于力所能及地成全他人。需要培育每个人的律己之德，助人之仁。要让人们意识到：每个人的能力是很有限的，一生需要得到来自亲人、邻里、朋友帮助，因自私而伤害这些身边的人，自己的人生也不可能圆满。亲情、爱情、友情和乡情，说到底就是一种人生互助之情，是每个人生活幸福的必需品；家庭、邻里与乡村就是村民们相互抱团取暖的人生共同体。

什么是一种有美感、有温度和有人情味儿的乡村生活？通过“艺术乡建”的种种长期努力，一个地区乡村的村民们幼有所育、老有所养，家庭离婚率低，老年人自杀率低，成年群体各种心理疾病的发病率低，男女老幼相守相恋，活得有滋有味、劲头十足，那我们就成功了。

当然，在乡村所进行的社会德性教育不能抽象说教，只能通过艺术表演、典型案例共享，以及乡村文化讲堂等丰富多彩的形式进行。

让每位村民都成为有趣味、有才艺的人，同时也成为有德性、有情有义的人，让生活在乡村的人们家庭美满、邻里和睦、村镇安祥，这大概就是我心目中的“艺术乡建”。

城里人时常发牢骚：住在城里人情淡漠，远不及有浓浓乡情的乡村。希望浙江的“艺术乡建”能重建当代中国乡村人伦景观，让乡间德性、乡村人情大放光彩，引领当代中国人的幸福人生！

空间生产视角下的艺术参与乡村建设：以柳荫计划为例

王天祥*

面对日益兴起的艺术参与乡村建设的中国实践，学术观察与理论阐释的需求日益紧迫且重要。本文立足空间生产理论视角，以参与式观察、社会实验法与创作志书写相结合的研究方式，以艺术介入乡村的“柳荫计划”为例，探寻在西方视为前卫艺术的象征行动，如何在中国乡村转化为推动社会发展的真实力量。

一、理论资源与实践现状

（一）理论资源

乡村艺术实践显著地体现了艺术的发展转向：从本体转向而言，艺术由表征的艺术转向为参与的艺术；从空间转向而言，艺术从白盒子空间转向真实的社会场域。本文从艺术的本体转向而言，拟援用参与式艺术作为关键术语；从艺术的空间转向而言，拟援用

---

* 王天祥：四川美术学院艺术与乡村研究院副院长、教授。

列斐伏尔的空间生产理论为理论资源。

1. 参与式艺术

"参与式艺术"（participatory art）这个概念在西方学术界的流行，源于克莱尔·毕晓普引发的一场关于"参与式艺术"的论争。在《人造地狱：参与式艺术与观看者政治学》一书中，作者从"艺术家、艺术作品、观众"三个方面界定参与式艺术[1]：艺术家，"从物品的个别生产者"变成"情境的协作者和生产者"；艺术作品，从"商品化的产物"被重新认知为"可持续的长期计划"；观众，从"注视者"或"观看者"，被重新定位为"共同生产者或参与者"。对于艺术的转向与变化，不同学者做出不同的界定，比如新公共艺术（new genre public art）、现场性艺术（site specificity art）、社区艺术（community art）、关系艺术（relational art）、介入性艺术（engaged art）等。尽管这些概念具有交叠的含义和不同的表述，但在艺术家、艺术作品、艺术观众、艺术空间等传统艺术实践的要素上，蕴含如下一些共同的变化：

艺术家身份向发起人与协作者转变。参与式艺术将"艺术家身份看作具有创新性转型的核心"。[2]很多艺术计划，"将作者化约为发起者的角色"，很多工作"在艺术教育和邻居活动的层次"展开[3]。

1 克莱尔·毕晓普：《人造地狱:参与式艺术与观看者政治学》，林洪涛译，典藏艺术家庭股份有限公司，2015，第21页。

2 Grant Kester, *The One and the Many:Contemporary Collaborative Art in a Global Context*,（Duke University, 2011）, p.2.

3 同1，第47页。

不是艺术家与艺术家的合作，这只是被视为独创性艺术家从个体向更大的个体组合的拓展；不是艺术家把参与者视为颜料或材料，这只是转变了创作的媒介；参与式艺术注重的是专业的艺术家与通常不参与或没有机会参与的社群的合作。

艺术作品向非物质化形态转变。开展“不以物件为基础的创作”，[1]常常以“计划”或“项目”的形式展开。注重参与、对话、合作与过程性体验，将“艺术作为创造和重建人们之间的新关系的工具”。[2]

艺术观众从观看者向生产者或参与者转变。在参与式艺术中，“观众既是方法、目标，也是动机、成果；社区的参与是艺术创作的基本素材”。[3]参与式艺术试图将静默的观看者，转变为艺术参与的临时社群，从而将原有的艺术作品—观看者传统模式，拓展为艺术作品—艺术临时社群—艺术大众的维度。

艺术空间从传统场域移至另类空间。参与式艺术实践，尽可能地走出原有的美术馆、博物馆、画廊、双年展等传统艺术场域，扩张到社区、工厂、医院、街道、咖啡馆等“任何想象得到的另类空间”。[4]不同“空间”中艺术生产，构成艺术体制批判的一部分，同时又形塑新的艺术体制。

1 毕晓普：《人造地狱：参与式艺术与观看者政治学》，第47页。

2 同上书。

3 苏珊·雷西：《量绘形貌：新类型公共艺术》，吴玛悧等译，远流出版事业有限公司，2004，第83页。

4 雷西：《量绘形貌：新类型公共艺术》，第83页。

2. 空间生产

人类，生活在时空之中。时间与空间，成为人类思考问题的两大取向与维度。在人类思想史上，总体而言，人类对时间维度的历史性探索重于空间维度的理论性思考，从而建构起了具有强烈历史学意识的现代人文知识体系。这个体系，在20世纪下半叶受到了挑战与撼动。这场被誉为“空间转向”的思想运动，发端于20世纪七八十年代，从文化地理学与城市社会学领域，扩展到广泛的人文社会科学领域，促进了当代文化思想的震荡与转型。其中，列斐伏尔是推动这场“空间转向”思潮最重要的奠基者。

列斐伏尔对于空间转向的贡献，大致可归纳为三个方面：

一是解构二元论逻辑历史话语，引入了“空间”这个关键性的“他者”。列斐伏尔提出“空间三元辩证法”：空间实践（spatial practice）、空间表征（representations of space）和表征性空间（spaces of representation），为学界开展空间研究提供了重要的视角与方法。

二是将“物理性空间”发展为“社会性空间”。列斐伏尔指出：“空间中到处弥漫着社会关系，它不仅为社会关系支持，也生产社会关系和被社会关系再生产。”[1]由此将“空间中的生产”命题转变为“空间生产”命题。

三是将空间生产与日常生活批判有机结合。列斐伏尔认为，在

1　薛毅主编《西方都市文化研究读本（第三卷）》，广西师范大学出版社，2008，第25页。

发达资本主义社会，日常生活全面异化，已经销蚀了无产阶级革命的可能性。因此，他的注意力从马克思的宏大社会革命的总体性解放方案，转移到对日常生活的批判。对日常生活的批判，研究视域自然就落脚到了日常生活空间。列斐伏尔指出“如果不曾生产一个合适的空间，那么‘改变生活方式’‘改变社会’等都是空话”，因此，“为了改变生活……我们必须首先改造空间。”[1]

（二）实践现状

21世纪以来，乡村艺术实践在中国兴起。代表性案例如许村计划（2007，渠岩，山西和顺许村）、石节子美术馆（2008，靳勒，甘肃天水石节子村）、碧山计划（2011，欧宁/左靖，安徽碧山）、羊蹬艺术合作社（2012，焦兴涛等，贵州桐梓羊蹬镇）等。

许村计划发起人渠岩，是中国“85美术思潮”的先锋艺术家，曾移居捷克。受哈维尔行动主义思潮影响，在山西从事摄影艺术创作，2007年受当地政府邀请，以艺术介入山西省和顺县许村打造。中国当代艺术批评家王南溟（2011）指出，21世纪前后的中国艺术，都是后殖民艺术在中国的操演，中国应该建构植根中国问题情境的批评性艺术。[2]因此，他将渠岩所发起的“许村计划”，视为植根中国本土的先锋探索。

1 H.Lefebvre, *The Production of Space*,（Oxford: Blackwell Press,1991）, p.190.

2 王南溟：《批评性艺术的兴起》，中国问题情境与自由社会理论，唐凌洁译，古桥出版社，2011。

石节子美术馆发起者靳勒，作为一名艺术家和大学艺术教师，是甘肃天水石节子村人，曾经在驻留北京期间回村开展艺术创作，到放弃驻留北京回村将整个村庄作为一个作品来进行打造。在中国最为贫瘠的西北小山村扎下当代艺术发展的新据点。

碧山计划，最初由文化人欧宁和一名大学教师左靖联合发起，拟从晏阳初平民教育、克鲁泡特金互助论出发，来建构“碧山共同体”，以回应亚洲迫人的城市化现实与农业资本主义的全球蔓延。这一探索与实践，曾经广受关注和热议。

羊蹬艺术合作社由四川美术学院著名艺术家焦兴涛发起。在最近的一次学术访谈中，他揭示了这个艺术项目的缘起。在2010年前后，他观看了北京798四个画廊四个不同的展览后，极度失望。“强烈地感受到当代艺术体制下艺术家的天花板——没有意外，再异想天开的实验，似乎都在你的意料之中——这种‘一切都在意料之中’的感觉让当代艺术变得太无趣了。”在一次和师生的聊天中，一名家在贵州的研究生娄金（现已经成长为四川美术学院的青年教师）提出家乡有很多木匠，可以看看能否合作开展一些探索。由此羊磴艺术合作社，就在一个焦兴涛称为“没有特点就是最大特点的地方”羊磴开启，迄今已有10年。羊磴艺术合作社项目，被誉为参与式艺术的中国现场。

2017年，中共十九大召开，乡村振兴战略正式提出。2018年10月，《乡村振兴发展规划》出台。以艺术助力乡村振兴，逐渐成为政府与艺术家的共识，艺术参与乡村建设的实践更是如雨后春笋不断增长，形成广受关注的艺术现象。

因为许村计划的成功，渠岩受广东顺德政府邀请，到中国南方乡村，发起并实施新的艺术乡建项目——“青田计划”。在基于田野调查的基础上，渠岩提出了建构中国艺术乡建的“青田范式”。“青田范式”为九对关系：人与灵魂、人与圣贤、人与神、人与环境、人与人、人与家、人与农作、人与物、人与富裕。

石节子美术馆，成为艺术参与乡村建设的典型案例，被纳入甘肃省天水市美丽乡村示范项目。然而，很遗憾的是，石节子美术馆的发起人和主要推动者靳勒2020年意外去世。因为灵魂人物的去世，石节子美术馆的前途，令人担忧。

碧山计划起起伏伏。2012年发起，2013年即遭受重大挫折，第二届碧山艺术祭在开幕前夕被通知停止举行。同时，知识分子的清高，又带来与碧山村民的隔阂。网上可见“碧山计划引哈佛博士周韵与策展人欧宁笔战”[1]“争议‘碧山乌托邦’”[2]，质问“碧山计划，谁的乡村？”[3]碧山计划的结果是欧宁退出，左靖转战中国贵州省实施了“茅贡计划”和云南“景迈山计划”。

羊磴艺术合作社的实践，为高校任教的焦兴涛奠定了乡村艺术实践的坚实基础。羊磴艺术合作社的探索在艺术界持续发声。焦兴

1　碧山计划引哈佛博士周韵与策展人欧宁笔战，观察者网，https://www.guancha.cn/culture/2014_07_06_244166.shtml。

2　争议“碧山乌托邦”，中国发展简报，http://www.chinadevelopmentbrief.or.cn/news-9408.html。

3　碧山计划，谁的乡村？搜狐网，http://www.sohu.com/a/144164_100577。

涛先生又先后受邀主持两届“中国（酉阳）乡村艺术季”，联合打造“重庆璧山七塘莲花穴艺术院落”，这些探索在学界和政府，均取得良好的反响。

总体而言，乡村艺术实践，在政府推出“乡村振兴”战略之前，前卫艺术家的先锋探索缺乏体制认同；在政府实施“乡村振兴”战略之后，这些艺术实践有过于应和政府诉求之意，与艺术家的体制批判的前卫姿态相悖。在政府推出“乡村振兴”战略之前，外来的精英主义与本土的民众容易产生文化隔阂，二者的诉求相距甚远。在政府推进“乡村振兴”战略之后又容易产生城市公共艺术在乡村展演的嫌疑。乡村艺术的实践困扰重重。

（三）研究方法与案例选择

1. 研究方法

本研究，希望在通常采用的文献研究法等研究方法基础上，发展出适宜于社会参与式艺术的具体研究方法。在这方面人类学的参与式观察法、社会学的行动研究法和人类学的民族志书写等给予了本研究在研究方法与学术书写等方面深刻启示。

（1）参与式观察法

毕晓普强调在开展参与式艺术实践研究中投入长时间的重要性。艺术要有效介入乡建，就需要我们花时间去观察那些看不见的东西：“团体动力、社会情境、能量的改变、意识的提升。”作为艺术介入空间的典型案例，在城市，最著名的莫过于德国明斯特雕塑艺术展，将整座城市作为艺术场域。德国小城卡塞尔以文献展享誉世界，成为以艺术事件促进城市发展不可忽略的考察对象。在乡村，日本越后妻有大地艺术祭为艺术参与乡村建设竖立了标杆。2017年9月，笔者深入考察德国明斯特雕塑艺术展和卡塞尔文献展，获得对艺术介入城市的世界案例的直接印象。2018年8月，在日本艺术界同仁的陪同下，笔者用了一周时间在日本乡村中穿行，考察了分布在比东京大1.2倍的越后妻有大地艺术祭，并访谈了北川福朗学术团队核心成员。在中国，2019年，笔者亲自聆听碧山计划发起人左靖、许村计划发起人渠岩、羊磴艺术合作社发起人焦兴涛的学术演讲并对他们进行了学术访谈。到北京参观中国艺术研究院方李莉策划的“中国艺术乡村建设展”，观摩展出的“从许村到青田”“景迈山计划”“石节子美术馆”三个案例。这些考察和访谈，使得笔者获得对乡村艺术实践的感性和理性认识。

（2）社会实验法

实践出真知，参与观察，永远不能取代亲自实验。要想获得对问题的深刻埋解，必将自身置于真实问题之中。知识分子不仅是一个研究者，而且是推动社会变革的重要力量。西方空想社会主义实验、俄国“第三种知识分子”运动，晏阳初的定县“社会实验室”等中外探索，都以知识分子的行动影响了社会的发展，为本研究开展社会实验提供了精神灯塔。2018年，笔者在中国乡村建设发源地北碚发起“村社艺术·柳荫计划”；2019年开始发起并持续举办“中国乡村美育行动计划”；同年，在重庆南川联合发起并实施“未来·花园·世界：生态艺术季”艺术项目。2019年12月，在中央美术学院举办的“艺术园区与城市繁荣”学术论坛上，提出“艺术创新社会实验室构建与艺术新生态体系建设”观点，陈述自己身体力行所推动的以高等艺术教育改革重构艺术新生态的构想。2020年，发起和实施了重庆渝北兴隆家园亲亲村居艺术计划。2021年，发起了“与人民：中国新乡土艺术季”，期间组织艺术家和师生在西南7处开展了在地创作并在重庆北碚柳荫举行了集中展演。2021年，承担了四川遂宁市两处艺术介入乡村建设的整体策划项目。这些广泛而深入的实践，使笔者对艺术参与乡村的可能、模式与路径有了更为深切的理解。

（3）创作志书写

艺术参与乡村建设，不仅仅是服务社会需求和拓展艺术前沿，更重要的是将这些探索沉淀为可供传授的知识系统，通过纳入学科体系，培养学术团队，从而为社会发展和艺术发展，提供源源不断的人才资源。因此，笔者在开展艺术参与乡村建设的社会实践中，注重学术文献的记录，保持反思者的姿态，既作为行动者，也作为研究者开展工作，把社会实验的目的、方法与进程纳入本文写作的观照范围。其意图在于告诉读者，本文的书写，本来就构成了艺术参与乡村建设中国实践的一部分，艺术参与乡村建设的中国实践，并不是一个既定的、内涵清楚、线路明晰的实施计划，而是在持续实践、不断展开，也并未清晰定义的图景。本文的写作，意在勾勒这一图景背后隐藏的生产机制，理论的生产，自然也内在于分析框架之中。

2. 案例选择

正是在这样的背景下，2018年，笔者以发起人、参与者和研究者身份在重庆北碚柳荫，开展了艺术参与乡村建设的探索与实践。这一艺术项目，命名为“村社艺术柳荫计划”。

柳荫是中国内陆重庆市北碚区的一个下属乡镇，辖区面积64.17平方千米。镇辖区地貌60%属低山区，40%属丘陵。下辖7个行政村、1个社区，常住人口11 708人，户籍人口23 360人。2018年，随着中国城市化进程的加快，作为重庆近郊乡镇，柳荫镇未见发展，倒是越发衰败。曾经仅有的规模企业，部署在柳荫镇的江北第一机械厂、柳荫粮站等均已撤并或搬迁，只剩下废弃的场所和闲置的空间。江北第一机械厂厂房租给小型加工企业使用，粮仓则完全荒废。乡村中常驻人口多为老人和小孩。因为父母进城务工，小孩随之进城读书，乡村中的小孩数量日益减少。曾经村庄中的小学被撤销，统一合并到镇上的学校。

从地理环境而言，除了贯穿场镇的一条小河，柳荫缺水。1973年，在全国大兴水利的背景下，从毗邻乡镇金刀峡水库穿山越岭，在极低的机械化水平下贯穿柳荫东部、中部、西部，修建了超过40千米的水渠，联通了相邻4个乡镇，而柳荫镇境内保留完好的水渠达30余千米。这些水渠，在20世纪80年代初因各种原因，就停止了使用，只剩下蜿蜒的水渠孤寂地卧在丘陵间。

2006年开始，中国取消农业税，柳荫镇政府因此没有了农业税收的职能和收入。柳荫镇也没有规模化的工业企业，没有工业方面的税收收入。从国土空间规划而言，也未纳入城市拓展区域，土地也没有增值的可能。重庆主城的都市化虹吸效应，让周边城镇和乡村人口都往主城迁移。毗邻乡镇的花木产业、旅游产业发展势头旺盛，对柳荫镇发展空间和态势构成碾压姿态。

威利·贾马尔·赖特（英文名）等（2018）将休斯顿第三区比喻为“空白画布（blank canvas）”，意指“其在现有社区的边缘化，使它们在更大的城市高档化范围内不可见（the marginalization of existing communities，rendering them invisible in the larger scope of urban gentrification）”。相较而言，北碚柳荫，也是一个被路标忽略的地方。从重庆主城区往柳荫去，前有静观镇——被誉为中国花木之乡，后有金刀峡镇——国家AAAA级旅游景区。在环城高速路上，有静观、有金刀峡，柳荫“不可见”。

援用列斐伏尔的“空间中的生产”到“空间生产”的分析框架，艺术介入乡村的柳荫案例，可以从“乡村空间中的艺术生产”和“艺术空间的乡村生产”两个维度展开。

二、（乡村）空间中的艺术生产

20世纪中叶，在现代艺术发展如日中天的时刻，一个重要的变化，从现代艺术主张的“媒介”的“纯粹性”，走向“物性”，又从“物性”走向“空间”，再从“空间”发展到“场所”，艺术从脱离社会的自律性中再次步入了“在地”的创作。乡村空间中的艺术生产，是对都市消费主义语境中的白盒子艺术生产的批判与抵制。

（一）以“现场”抵制“脱域”

马克思在《政治经济学批判》手稿中指出“资本就其本性来说，力求超越一切空间限制”；[1]“资本一方面要力求摧毁交往即交换的一切地方限制，夺得整个地球作为它的市场，另一方面，它又力求用时间去消灭空间。”[2]资本的“脱域性”深深地内化在被资本全面控制的生产与生活之中。

一个毋庸置疑的事实是，现代艺术被全面纳入了资本市场的运作逻辑。艺术家“工作室”相当于工业化“生产”中的“车间”，画廊、拍卖行、美术馆等场所相当于消费领域的便利店、超市与商场。以精英主义为导向的现代艺术，自以为逃脱了市场的运作法则，这只不过是个体的视域未能穿透资本的迷雾而产生的幻觉而已。

同时，我们日常生活的世界，被资本全面殖民。“每个人在自己所属的城市里都变成了孤零零的异乡人，每个人都感到自己是一个漂浮的原子，从自己从前的社区、邻里、方言和风俗中被连根拔起，抛入了一个陌生的时刻在变的环境，成为一种总是被偶然性所俘获的偶然。现代城市在把每个人都变成了原子后，又将每个人编号和归档……”[3]

1 中共中央马克思恩格斯列宁斯大林著作编译局：《马克思恩格斯全集·第46卷》，人民出版社，1980，第16页。

2 同上书，第33页。

3 沈斐：《资本的内在否定性与空间的脱域性》,《哲学动态》2011年第8期，第32-41页。

杰夫·凯利（Jeff Kelly）指出，从20世纪70年代末期中的某个片刻，艺术发展跨越了一个重要界限：这就是"'艺术的地点'（the sites of art）变成了'场所的艺术'（the arts of place）"。他认为，"一个地点代表一个场所的组成物质成分的性质，它的实体、空间、光线、存在的时间、地理位置和物质演化的过程，而一个场所则代表了一个地点中，所存在的实际民俗、心理、社会、文化、仪式、种族、经济、政治和历史的层面。地点就是一个架构，而场所则由所填满的东西所定义并发挥其功能。[1]"

今日之城市，千城一面。场域感的丧失与意义感的缺失，成为今天得现代化之利受现代化之害的城市与社区的普遍症候，故有城市更新与社区营造兴起。与横平竖直的城市规划不同，乡村的艺术与那山水、那土地、那历史紧密相关。在地创作，以其与场域的紧密融合，既批判了"脱域"的现代艺术创作，也为"场域"累积了新的意义和价值。

中国乡村的民居营建，一定会观风水，使得人、地、时相宜。340年前，王氏祖先从湖广到四川，选择了这个一河三湾的地方繁衍生息。因此，这地块，这场域，既是自然的，也是被选择并被塑造的。

青年艺术家龙兴语由这条从王家湾前蜿蜒流过的小河获得灵感。他看到王家湾的村民背着行李从这里外出务工，每次都小心翼

1　雷西：《量绘形貌：新类型公共艺术》，第177页。

翼地从小河中经过，他想能为村民做点什么？就送给他们一个祝福吧，希望他们做事小心、平平安安、顺顺利利。在得到当地照管神庙的婆婆的祝福后，他将直径1.2米圆形不锈钢镜面安装在河岸，创作了《平安镜》。

法国青年艺术家布拉斯在柳荫河畔创作了《面向世界》这个作品。20世纪80—90年代在中小学校园里，“面向世界、面向未来、面向现代化”的标语和“中国地图、世界地图”装点在每个学校显著的位置上。布拉斯以笔者中小学曾经就读的校园柳荫小学和初级中学旧址墙壁上脱落的马赛克拼贴的世界地图为素材，在麻柳河沙滩上以中国川东民居建筑的山字型斜坡为造型，创作了一个装置艺术作品。河流最终流向大海，自然是“面向世界”，此图所表征的“抽象”世界和背后的这山、这水、这树、这民居、这人的“在地性”有机交融。这个作品，是植根在中国历史脉络中的，是扎根在

图1 《平安镜》，装置与参与式艺术；作者：龙兴语

图2 《面向世界》，布拉斯在装置艺术作品前与帮助他的村民合影，作者：[法]布拉斯，左一

中国本土场域中的，同时，也是面向世界的，既是历史时期的面向世界的回想，也是今天面向世界的直接展现。

（二）以“合作”批判“分工”

艺术参与乡村，借用澳大利亚艺术基金资助的社区艺术的首要原则可转述为：艺术参与乡村，这项活动是与村民一起进行的，也是为村民而进行的。按照日本大地艺术祭发起人北川福朗的说法，最重要的是推动艺术家与村民或更广泛群体的“共犯”关系。

资本主义社会，劳动的异化，首先是来自劳动的分工，最终造就了片面的、单向度的人。艺术家生产、大众消费，成为资本主义构建的“分离”“分工”模式。这一生产模式，又将艺术家天才的独创性，提升到一个无以复加的高度，从而将一种文化的“等级”

进一步嵌入整个社会。参与式艺术以合作对抗分离，以在地生产对抗市场交换。

血缘宗亲是中国乡村社会关系的纽带，这是中国社会区别于西方社会乡村聚落文化的特质。青年艺术家张珍珠邀请两位小朋友共同创作的《原乡图》，将我们对家乡的意象变成了一个可以感知和把握的

图3 《原乡图》，参与式艺术；作者：张珍珠

艺术作品。她收集了王家湾地区家族里存在的亲人关系的称呼，共25个，如孃孃（妈妈的妹妹）、大姨公（妈妈的姐姐的丈夫）等。然后张珍珠打印了30份王家湾区域的政府官方地图，询问村民并请村民绘制他们心目中的王家湾。然后和一位木匠师傅王天彬，依据地图，结合他自己对家乡的理解，然后用一块旧家具的老木板把它做了出来，并把地图分成了25份（这个家族亲戚们称呼的数目）。张珍珠拿着拼图的胚子，和孩子们进行了实验，拼出了团团圆圆的王家湾形状的家乡拼图。孩子们争先恐后，由孩子们自己挑选积木，姐姐书写，妈妈指导弟弟学习，一起书写了这个由亲戚称谓组成的“原乡图”。

青年女性艺术家汤惠倩，发现了在这个王家湾中少数的几个外姓家庭。其中一个姓邓的家庭，妻子杨后琼喜欢绿植。双方交流，就外姓进入新的地区，女性嫁入一个新的家庭，就像植物的

图4 《嫁·接》，参与式艺术，作者：汤惠倩　杨后琼

"嫁接"一样，一个小枝条嫁接到大树上后就在上面生根发芽。"嫁接"这话题，唤起了作为女性的共同感受。汤惠倩和杨后琼共同创作了以植物"嫁接"形式寓意社会的《嫁·接》作品。

三、（乡村）艺术空间的生产

柳荫计划，不仅是乡村空间的艺术生产，还是乡村中艺术空间的生产。从乡村中的艺术空间生产而言，"柳荫计划"体现出愿景塑造、空间重塑、艺术节庆、人口回流等特征。

（一）愿景塑造

不可见的柳荫，如何让它可见。

1. 政府向艺术院校抛出橄榄枝

当下，在全球范围内，"以艺术为基础的城市复兴已成为经济发展官员规划工具箱中的核心工具"。[1] Mathews，Vanessa（2010）指出"将艺术纳入公共政策作为城市经济发展的催化剂，在东海岸到西海岸的城市都受到吹捧"。美国纽约苏荷艺术区、英国泰晤士南岸的泰特美术馆、西班牙毕尔巴鄂古根海姆美术馆等，讲述了一个又一个以艺术激活城市的成功故事。在亚洲，日本的越后妻有

1 Buckman,Stephen,Mara Latorre,M.Martin Bosman, Neveen Nawawy,and BominKoh,"A qualitative exploration of arts-based neighbourhood revitalization: The case of 'The Space at 2106 Main' in West Tampa，Florida." *Papers in Regional Science,* no.2 (2018):679-699.

大地艺术祭和濑户内海国际艺术节，更是创造了21世纪以来将这一“核心工具”移植到广袤乡村的时代传奇。

时任柳荫镇政府主要领导，为柳荫镇设计了“多彩柳荫”的文化定位，在进出柳荫地界主干道两端铺设了彩色道路，通过某些渠道邀请到了四川美术学院的一些学生对道路沿途的房舍、车库等进行了小规模的彩绘。积极引入民宿企业，为民宿企业提供良好的支持和服务。由此可见，柳荫镇政府已经有借力艺术助推乡村发展的思考和举措。然而，以艺术为基础的发展战略造成了优质艺术资源在城乡发展中的强劲需求。在激烈的竞争中，柳荫镇正寻求渠道和资源，向中国西南唯一的专业美术院校四川美术学院抛出橄榄枝，希望能达成合作。

2. 柳荫成为川美艺术创新社会实验室

“柳荫”被笔者选为开展艺术介入乡村建设的“社会实验室”，搭建起了柳荫和川美的合作桥梁。笔者选择柳荫开展实验，缘由有二。

第一，回应诟病，开展艺术转向的先锋探索。当代艺术介入乡村，一直以来饱受诟病的一个原因是，外来资本对当地民众的排斥，外来精英与当地民众的隔阂。笔者生于乡村长于乡村，北碚柳荫是自己的家乡。乡愁，是根植在中国人心底的文化情怀；乡土，是中国文明的根脉。另外，开展艺术创新社会实验，如何进入？如何展开？能否发挥功效？这些都是一个未知数。因此，笔者琢磨，选择自己的家乡，一点一点地做，做个三五年，坚持十来年，总是应该有点成效的。

第二，赓续川美乡土文脉，践行高校服务社会的职能。笔者所在的四川美术学院，以乡土艺术享誉中国。版画作品《蒲公英》、大型群雕《收租院》、油画作品《父亲》《春天已经苏醒》等艺术名作，塑造了中国乡土艺术的丰碑。21世纪以来，学校在重庆沙坪坝区大学城建设了虎溪校园。虎溪校园以“大学中的乡村”之独特景观、人文价值和社会关怀，获得2013年首届全球公共艺术大奖，再次塑造了川美新乡土艺术的高峰。笔者开展乡村艺术实践探索，亦是进一步赓续川美文脉，探索川美新乡土艺术的可能性。同时，社会服务是高校的基本职能，乡村振兴作为国家战略，四川美术学院应该做出应有的回应。

3. 美丽乡村示范村方案编制

正是基于以上缘由，2018年7月，正值暑假，笔者与柳荫镇人民政府对接，拟探索以艺术助力乡村发展的路径与可能。引用一句中国乡村俗语，这正是“瞌睡遇到了枕头”。双方一拍即合。时值北碚区开展美丽乡村示范村创建工作，笔者因此受柳荫镇政府委托，为其编制美丽乡村示范村创建方案。

正所谓“艺术被用作荧光笔来强调街道（乡村）的潜力并暴露它，展示差异并指出相似之处”。[1]创建方案获得了高度评价，在17

1 Speinger, Bettina.“Art as a medium of urban upgrading - the‘HEERESBACKEREI' in berlin-kreuzberg contrasted to 'ZIM' inrotterdam” *Tijdschrift voor Economische en Sociale Geografie*, no.5 (2006):610-616.括号中的乡村为笔者所加。

个申报方案中脱颖而出，获评第一名，为柳荫镇美丽乡村示范村建设获得1000万元人民币的经费支持。创建方案何以打动专家？概念与话语塑造了未来发展愿景。

一是“艺术柳荫”的整体定位。前有“花木之乡”后有“旅游小镇”，何以用最简练的语言，揭示出“柳荫”这个乡村空间区别于其他空间的特质。“艺术”赋予“柳荫”这个场域鲜明的特质。在当代文化最匮乏的地方，生长出当代艺术，让人充满疑惑与期待。

二是“创意经济”的发展思路。基于柳荫现在农业人口流失导致精耕细作的传统农业不能很好地传承，丘陵地貌不利于发展规模化农业，缺乏工业产业和突出的自然资源，因此，学术团队提出以乡村文创带动乡村旅游，助推乡村发展。柳荫距离重庆主城区约1个小时的车程。背靠重庆主城2100余万常住人口资源，有相当充足的客源。基于以上考虑，学术团队为艺术柳荫确立了“一核两翼”的空间布局，“农+旅+艺”的发展思路，打好“田园牌、艺术牌、儿童牌”三张牌的发展策略。

三是“文化资源”的深度发掘。（1）发掘精神资源，激发参与者内生动力。柳荫所在北碚，是20世纪中国乡村建设运动的发源地。晏阳初、梁漱溟、卢作孚被誉为中国乡村建设三杰，分别开启从教育、文化、实业介入中国乡村建设的不同脉络。梁漱溟“不是建设乡村，而是建设整个中国”的理想、晏阳初“社会实验室”的实践、卢作孚“愿人人皆为园艺家，将世界建成花园一样”的愿景，在中国历史长河中如精神灯塔，激励和引领一代又一代知识分子“到乡村去”。（2）发掘农耕资源，将绵延不绝的水渠作为柳荫人民感天动地建设家乡的精神符号，打造“中国渠乡”文化品牌的构想，统摄竹编技艺、评书快板、水渠歌舞等非物质文化遗产，推动遗产活化传承。

笔者所组织创建方案编制的学术团队包含城市规划设计、文化遗产、环境设计、视觉设计、影像艺术等在内的高校教授、青年师生，有了一个强大的“创意群体”的全面加持，让“艺术柳荫”的想法和愿景无中生有，破空而出。

2018年10月，四川美术学院成立艺术与乡村研究院，时任学校主要领导的黄政教授担任了研究院院长，笔者任执行副院长。同月，艺术与乡村研究院同柳荫镇人民政府签署校地合作协议，将柳荫建设成为川美的乡村艺术基地。伴随着课程下乡、社会实践、国际工坊、学术展演、艺术研学等艺术实践在北碚柳荫的持续展开。北碚柳荫，也成了重庆市诸多大学、学术机构社会实践的基地。“创意社群”带来的滚雪球效应，让地方政府也更有信心将资源投放在柳荫乡村。

这里，“艺术”以“话语”的方式，塑造和引领了乡村未来的发展。“创意”为激烈的竞争，赢来了切实的资源。在柳荫这一个普通的山村，艺术如同点睛之笔，让它从平凡开始变得不凡。

（二）空间重塑

列斐伏尔的空间政治学将社会革命的宏大历史工程回落日常生

活层面。“为了改变生活，就应该改变空间（对它的占有以及它的社会形态）”[1]这种改变，来自通过符号、图示、语言、行为等对日常生活空间的改造。自从柳荫计划持续展开，一个平凡的乡村开始拥有了乡村美术馆、乡村舞台、乡村书屋、艺术粮仓等新的文化空间。

在东升村，我们将民居改建成乡村美术馆，举行了乡村写生展，送春联活动等艺术活动。将村民的鸡圈改造成乡村舞台，举办“东升村晚”。将废弃的猪圈改建成“望渠书屋”，供孩子们阅读使用。将院坝中的废弃牛棚改建成“公共凉亭”，为村民提供了日常休憩空间。有朋友在微信朋友圈发出感叹“这么美的小村庄，有儿童游乐园，还有乡村美术馆……”。

柳荫镇市集比邻，通往柳荫主道路一侧，有一个废弃的粮仓。柳荫粮仓1956年修建，占地面积11 045平方米。曾经负责毗邻6个乡镇的公粮征收、保管、储存、调运以及农村集体粮食种子的选留、储存、发放等工作。2006年，中国取消农业税。大部分地处乡镇的粮站（粮仓）包括柳荫粮仓，彻底完成了历史使命。柳荫粮仓，作为废置的历史遗存，在时代的风雨中飘摇。2018年，笔者利用废弃粮仓的一个厅举行了非物质文化遗产竹编技艺传承培训结业展览，开启了将存储粮食的粮库转变为满足人民精神生活的艺术粮仓的序幕。2020年12月，柳荫粮仓正式完成第一期改造，开放了4

1　亨利·列斐伏尔：《空间与政治（第二版）》，李春译，上海人民出版社，2015，第95页。

栋粮仓，分别为乡村美育历史厅、乡村美育国际厅、乡村小学美育成果展厅、艺术教育在地创作成果展厅，“柳荫艺库”蝶变而生。

按照大卫·哈维的看法，粮仓是中国早期农业集体化时期社会主义条件下国家实施原始积累和改革开放以来国家实施剥夺性积累的空间载体，而今天成了非营利性的村社艺术中心（以及承载了镇政府以此带动产业经济发展的期望），这一历史性维度在今天获得了新的空间视觉表达。

（三）艺术节庆

2019年开始，持续三届“中国乡村美育行动计划”展演活动一直以柳荫为主场举行。“中国新乡土艺术季”“渠乡村韵：柳荫村社艺术季”等艺术节庆活动在柳荫渐次展开。艺术节庆，作为承载艺术活动的时空结合体，重新激发了艺术的庆典性和媒介力。

2019年，中国乡村美育行动计划，在四川美术学院美术馆和柳荫两地举行。柳荫部分，代表性项目包括：“一户一品”“水渠艺术节”。“一户一品”将东升村、王家湾的村民的家作为展厅，整个村庄作为乡村美术馆。每户村民选取了一件他们最喜欢的艺术家写生作品，同时选取了一件自己家里认为有意义和价值的“物品”展出。“一户一品”将村民作为艺术品遴选的主体，将村民实际生活的场所作为美术馆。不是使村民作为观众走进美术馆，而是让游客以客人的身份进入村民家参观。不是把村民作为高高在上的精英艺术教化的对象，而是把村民作为艺术展览的策划主体、管理人员、解说人员，艺术在这里重新融入了生活，浸润了乡村与社群。“水渠艺术节”由两个公共艺术本科4年级学生发起，在大量走访、动员和组织的基础上，“再见水渠人：柳荫首届水渠艺术节”拉开帷幕。艺术节包括寻访水渠人影像作品展、水渠歌舞表演、水渠故事会、水渠坝坝宴、水渠纪录片展映等内容。一个沉寂的小村庄，彩旗飘飘，歌舞欢腾。艺术节发掘了消隐的水渠人、水渠历史，以艺术之名让水渠人重新和村庄一道苏醒了过来。

2020年，中国乡村美育行动计划展演活动，主展场设置在北碚柳荫，分展场艺术活动则分别在四川上里、河南林州、江西婺源、重庆南川等处举办。主展场展演活动包括六大单元：（1）他山之玉——艺术助力乡村国际案例展，展出中国、亚洲、欧美60余个艺术助力乡村建设的案例，为新格局下中国乡村振兴提供参考与借鉴。（2）在地生长——在地创作现场展。围绕柳荫粮仓、钢厂、麻柳河、王家湾、东升村等，呈现了丰富的在地性创作作品。（3）多方参与——乡村美育研学展。重点展出了城乡统筹·馆校联动——北碚区中小幼20所学校的乡村美育成果，展出了全国30余所院校或机构艺术写生与乡村研学作品，展出了来自全国各地10余种非物质文化遗产技艺或作品。（4）教学的实验——在地教学文献展。重点展出了四川美术学院以乡村为场域，开展的视觉设计、空间重塑、艺术创作、影像艺术、在地工坊等成果。（5）传承赓续——柳荫粮仓常设展。设置了百年乡村建设与乡村美育厅、柳荫农耕文化遗产粮仓历史文化、水渠历史文化专题展。（6）院坝艺术节——柳荫乡村文艺汇演。在乡村的汇演，为乡村的汇演，与乡村的汇演，打造了柳荫新的文化节庆。本次展演还包括五大单元学术论坛，来自全国以及世界各地的专家学者、青年学子通过线上线下方式展开学术对话与讨论。一时之间，柳荫和传统的乡村，恍若变成了两个世界，柳荫成为“中国乡村美育”学术实践与理论的最前沿。

2021年，第三届中国乡村美育行动计划，充分体现了后疫情时代移动互联背景下的乡村美育的实践特征。唤起与激活，扶持和资助15个全国乡村美育项目的“在地性”开展。传播与推广，开发“艺术与乡村”小程序，在微信公众号、抖音、B站等申请视频号，开展全国乡村美育年度实践案例的收集与整理，通过公众号、视频号、小程序等方式，体现移动互联背景下的“在线性”推广。

日本越后妻有大地艺术祭和濑户内海国际艺术节艺术总监北川福朗在《乡土再造之力：大地艺术节的10种创想》中译版2018年重印序言[1]中，尖锐地指出：20世纪以来，艺术已经成为高效的金融产品，成为在“由全球化、机会均等、民主主义等价值观支撑的均质空间”这样的与现实社会脱节的无菌无动力“实验室”展开，虽然也偶有走向街头、跨界合作或与媒体、商业的联动，但最后都陷入了“自我冲突的境地，丧失了艺术原本具有的庆典性和媒介力的特质。”

在柳荫，当持续不断的艺术节庆渐次展开时，艺术节庆作为时

1　百川富朗：《乡土再造之力：大地艺术节的10种创想》，欧小林译，清华大学出版社，2015.

空的结合体，重新唤醒了艺术的“庆典性”和“媒介力”，人群和社群经由节庆重新链接在了一起，一个充满了情感和意义的时空场域在节庆的筹备、展开、推广中得以绵延。

（四）人口回流

空间是充满权力和争斗的场所。在以艺术为基础，推动城市更新的进程中，诸多城市不可避免地走向了“绅士化”。“绅士化”是城市空间从低档走向中高档的过程，是居住社群从底层替代为中高层的过程，这个迭代化的过程产生了对原有居民的驱逐，产生了社会不公。

发展民宿。在过去几年里，柳荫镇政府不断创造条件引进文旅融合的相关企业。民宿方面，已经建设投入运营的有两家，其中一家结合民宿发展苗木花卉。另一家是一个废弃的乡村小学改建而成的。随着民宿的发展，部分乡村游客在柳荫住宿、停留和消费。

村居改造。东升村杨家坝院落，有5家村民的住房改造后，作为青年旅社接待青年师生的在地创作。有一家从当地走出去的三兄妹，花费不菲回乡重新建造了院落、并将自然村落周围的5家民居全部租下并做了重新修缮。更多的曾经从柳荫走出去的村民，都纷纷回乡改建、重建或修缮自己的房屋。也有个别的城市居民租改了在城区打工的村民住宅。

人员回流。作为人口净流出地的乡村，青年男女开始回流。一名回流女青年在村集体公司务工，一名回流男青年利用自己的房屋开办了农家乐。女青年在村歌创编中唱道“如果你觉得家乡不太好，让我们一道来建设它”。创业男青年的家正处于东升村绵延不绝的水渠底下，“一锤定姻”公共艺术装置正对面，具有非常良好的地理条件。他个人又非常善于琢磨，通过改造居所做旅游餐饮，开发特色菜品，开设咖啡、烧烤，深受游客欢迎。2021年，回乡创业不久，竟能达到每月3万元人民币的利润，收入相当可观。

很显然，北碚柳荫，正走向一条乡村“绅士化”的道路。但是，这个乡村“绅士化”，并不是外来的创意阶层、外来的中产阶级替代当地原住民的过程。而是政府以艺术为抓手，推动当地文旅发展，为当地带来游客，提高了当地村民收入水平的过程。而当地村民回流，则是柳荫乡村“绅士化”的一个典型特征。

结语

在中国，艺术参与乡村建设的实践日益兴起。许村计划、石节子美术馆、碧山计划、羊蹬艺术合作社等是其中典型案例。笔者以社会实验法为主要研究方法，发起艺术介入乡村的“柳荫计划”。本文援用列斐伏尔空间生产理论，认为艺术介入乡村，在“柳荫计划”中，既体现为“乡村空间中的艺术生产”，也体现为“乡村艺术空间的生产”。

乡村空间中的艺术生产，从表征的艺术走向参与的艺术，艺术家身份从发起人与协作者转变，艺术作品向非物质文化形态转变，艺术观众从观看者向生产者或参与者转变。乡村空间中的艺术生产，以“现场”抵制“脱域”，乡村中的艺术与山水、自然、历史、社群相关；乡村空间中的艺术生产，以“合作”批判“分工”，推动艺术家、村民或更广泛的群体产生“共犯”关系。

乡村艺术空间的生产，就“柳荫计划”而言，体现了愿景塑造，空间重塑、艺术节庆、人口回流等特征。概念与规划，塑造了“艺术乡村”整体定位、“创意经济”的发展思路，实现了“文化资源”的深度发掘。在乡村，一些废弃的民居、场所被改造为乡村美术馆、乡村综合艺术中心、乡村舞台、乡村书屋……乡村实体性公共文化空间得以重塑。作为时空结合体，持续不断开展的“中国乡村美育行动计划”等艺术节庆重新激发了艺术的庆典性和媒介力。艺术空间的生产，在柳荫，并没有导致柳荫走向乡村阶层更迭的道路。乡村文旅产业的发展，除了导入旅客外，还带来了久违的青年回流。

回顾北川福朗表述举办越后妻有大地艺术祭的目标与愿景，他说“透过艺术，希望那些被遗忘的地方能拾回希望，被冷落的孤寂老人们能绽放笑容”。2019年清明会，柳荫镇王家湾的院坝又热闹非凡，王氏家族的亲人们从四面八方返回来，舞狮子、秧歌舞等民艺项目重新在生活中上演，村民与艺术家的脸上洋溢着笑容，属于乡村自己的文化空间正走向复苏。

2020年2月至8月，由享誉世界的建筑大师雷姆·库哈斯（Rem Koolhaas）领衔策划的一场重要展览在美国纽约古根海姆博物馆展出。这场展览的名字为“乡村，未来（Countryside，The

Future)”。展览标示了这名曾经专注于城市研究的建筑大师的学术转向。

乡村，即未来。

图6　王氏宗族插占王家湾340周年清明会场景

用艺术提升浙江乡村品位

胡　坚*

改革开放以来，在浙江城乡面貌发生了巨大变化的同时，也出现了一个值得高度关注的问题就是千村一面的现象，对于这些建筑，我们已经无法拆除重建，但是，村庄的风貌的确不尽如人意，面对这样的现状，用艺术提升浙江乡村品位，重新找回乡村的辨识度和美誉度，就是一个十分值得探索的课题。

一、乡村记忆消失过快迫切需要用艺术来增加乡村的辨识度

乡村是文化的根，我们的文化传统许多保留在乡村中。中国人，上溯三代，大多是农民。农村是中国人的乡愁，也是文化的根与魂。乡村有着更多诗意与温情，它承载着乡音、乡土、乡情以及古朴的生活、恒久的价值和传统。乡村是安详稳定、恬淡自足的象征，故乡是人们魂牵梦绕的地方。回归乡里、落叶归根是许多人的

* 胡坚：浙江省政府参事、咨询委员会委员。

选择和期望。

但是，随着农村的快速发展，一些古村落消失得非常迅速。冯骥才说：“我国的很多传统村落，就像一本厚厚的古书，只是来不及翻阅，就已经消亡了。”据统计，2000年，我国自然村有360万个，而到了2010年降至270万个，10年时间少了90万个村落，平均一天就有近300个村落消失。2004年至2010年，湖南大学中国村落文化研究中心对湖南省113个县的903个乡镇村落进行调查，发现6年间古村落从9700个下降到4700个，平均每天损失1.6个村落。每天几百个村的速度消失，还能不着急吗？古村落保护现在到了最危急的关头，但我国古村落历史上还从未盘清过家底，大部分村落没有《村落志》《民俗志》等任何文字记录，其历史仅存于村民的口口相传中，一个村落消失，珍贵的历史信息也就随着时间流逝殆尽了。上海交通大学城市科学研究院、住房和城乡建设部《传统村落文化特征分析与评价研究》课题组联合研制了中国传统村落评价指标体系，并在苏浙沪26个中国传统村落开展调研，认为苏浙沪的传统村落与各自的行政村相比，所占比例都偏低，其中上海为3.01‰，浙江为7.14‰，江苏则低至1.54‰，不断加速的城市化进程是传统村落大规模快速消失的主因之一。最近浙江省地方统计调查局课题组调研指出：近三成的村民认为，乡村人文元素彰显不够。缺乏对地域特点、文化特色的挖掘，跟风模仿、千村一面，田园风光、乡土气息、自然生态不够凸显，美感和浙派建筑文化品位缺失。

同时，在乡村建设中，由于缺乏科学艺术的设计，浙江的许多乡村失去了文化个性与美感。如一些乡村由于撤扩并拆除了原有的田园式村庄，建起了一排排的楼房；有的照搬城市建设的方式，建大草坪、大公园、高围墙，没有了乡村的味道；一些乡村的游步道采用彩色塑胶，投资大，不环保，护理成本高，破坏了田园风光。一些河道建设，三面光，自然生态考虑不足，堤岸过高过大，缺乏亲水性。有的缺乏规划，东倒西歪地乱建房屋，乡村失去了美感；由于没有形成比较成熟的浙派建筑，乡村风貌极不如人意。

我读过一篇文章，叫《流逝在岁月中的陡门》，说的是嘉兴一个具有浓郁江南水乡风貌的古村落，原来有运河上跨度最高的桥，听年长的人讲，过去有些年纪轻的人为比赛谁的勇气大，常爬到桥上，看谁敢从桥上往运河里跳。如果是清明节前后到陡门大桥，桥上岸上更是人山人海，就是盛极一时的濮家塘划船会。划船会最为高潮的部分是在陡门西七里的秋千泾至陡门东三四里的白云桥漾之间的运河塘水域，而最佳的观察点就在陡门大桥上，百十来条船竞相冲刺，船尾上所插的"浙西世家"等旗帜，也都猎猎作响。可惜20世纪90年代把这座桥拆除了，只给人们留下了一张雄伟的"遗照"。这个村在城市发展中被拆除了，建起了一排排的民居，往日运河边的小桥流水、粉墙黛瓦已经消失得无影无踪。农民为了怀念过去的乡愁，就把老村庄的模样画在了村文化礼堂的墙上。我曾写过一篇报道这个村的采访，标题就是用了《画在墙上的古村落》。

为了在城乡发展中更好地保护与传承优秀传统文化，2021年9月

3日，中共中央办公厅、国务院办公厅印发了《关于在城乡建设中加强历史文化保护传承的意见》，提出在城乡建设中系统保护、利用、传承好历史文化遗产，对延续历史文脉、推动城乡建设高质量发展、坚定文化自信、建设社会主义文化强国具有重要意义。提出要保护能够真实反映一定历史时期传统风貌和民族、地方特色的历史地段。保护历史文化街区的历史肌理、历史街巷、空间尺度和景观环境，以及古井、古桥、古树等环境要素，整治不协调建筑和景观，延续历史风貌。保护历史文化名城、名镇、名村（传统村落）的传统格局、历史风貌、人文环境及其所依存的地形地貌、河湖水系等自然景观环境，注重整体保护，传承传统营建智慧。保护非物质文化遗产及其依存的文化生态，发挥非物质文化遗产的社会功能和当代价值。这些充分说明了加强乡村优秀传统文化保护与传承的重要意义与实践路径。

对于保留着古村落风貌的村要加强保护力度，但是，对于那些已经消失了传统文化特色，整个村几乎都是新建筑的村我们如果重新找回乡村的记忆，重新增加乡村的辨识度和美誉度呢？加强艺术乡建工作，用艺术提升乡村品位就成为不二的选择。

二、浙江在用艺术提升乡村品位上的实践与探索

近年来，浙江许多地方开始高度重视和切实解决这个问题，采取用艺术的方式让原本杂乱无章的村庄重现乡村的美感，打造美丽

乡村，效果特别好，下面介绍几个案例。

（一）对整个乡村进行艺术化的保护与开发

这类乡村的特色是对整村进行艺术化的改造提升，特别适用于下山移民的村庄和一些人口逐步搬迁了的村庄。如金华山赤松镇的三十六院溪·诗莉莉，坐落于黄大仙修仙的胜境，该项目耗费6年心血匠心打造，将40余栋800年历史的绝境古村重筑，旨在把废弃的乡村建筑及失落的乡村文化唤醒，变为更有生命力、更有思想的山居修行空间。我曾经行走其间，仿佛行走在仙境之中，翠竹密林之中，小桥流水，鸟语花香，清新的空气沁人心脾。原来村中早已败落的建筑，经过精心的设计与建设，重新焕发出生机与活力，可以设想，在这个村落住上几天一定是极为美好且难忘的时光。浙江类似的地方还有不少，如浦江的野马岭，马岭古道旁的马岭村已有500年历史，上百年的四合院泥墙黑瓦，依山而建。石桌、石凳、石板路处处彰显江南村居的特色，鸟鸣谷幽，古色古香。杭州外婆家的创办人把这个地方打造成一个“不舍野马岭”高端民宿基地，成为许多民宿爱好者打卡的地方。

（二）对村庄的部分区域进行艺术化改造

这类乡村的特色是对村庄的局部地区进行艺术化改造，特别是对村庄部分建筑进行艺术化的提升，形成新的乡村风貌。如杭州市富阳区场口镇东梓关村，该村文化底蕴深厚，因郁达夫同名小说而著称。2016年11月9日东梓关村列入第四批中国传统村落名录。近年来，东梓关在大力推进“浙江省重点历史文化古村落”保护工程的同时，坚持规划先行，委托杭州两家公司对村庄进行规划设计，打造美丽乡村升级版。规划共分3期，一期为长塘周边39幢古建筑整治、环境改造以及新建46幢杭派民居，二期为新建村民活动中心、乡村书院、游客接待中心、道路等工程，三期为夹心层40余幢房屋立面整治，层层推进，直至将整个村庄建成一个集古典与现代于一体的江南古村落。经过精心的设计与建设，现在有许多人慕名来，观赏这种江南建筑之美。东梓关村整个村庄都是白色的墙壁，熏色的屋顶，配上了流线般的屋瓦，看起来每一幢房子都彼此联系着，就像吴冠中画里一样的房子。如果你把吴冠中的画与这个村的摄影放在一起，真的会感受到村是画中景，景是画中村，在充满艺术魅力的建筑是泛黄的稻田和静静流淌的小河。

（三）用艺术提升村庄的美誉度和知名度

这类乡村的特色是利用当地农民的艺术特长与艺术氛围，如美术、书法等，把艺术植入乡村建设与乡村生活，形成独特的艺术风格。如衢州市柯城区沟溪乡一个名叫“余东村”的小山村，依山傍水，风景秀丽。这个800多人口的小山村，书画爱好者就达300余人，农民画创作骨干成员48位，他们用自己的巧手将村子装点成了一幅画。这个村庄我曾经去过多次，每次去都会给人以不同的感受。现在走进村庄，墙壁上到处是农民画，把整个村庄打扮得五彩缤纷，美丽动人。余东农民画主要以乡村生活为创作题材，特别适合画农村的墙面，也深受农村百姓的喜爱，全国各地有很多村请他们去画墙画，使其成为全国十大画村之一。这里的农民画也带动了余东村旅游产业的蓬勃发展。墙外是农民墙画，墙内有瓜果飘香，每逢节假日，慕名而来的客人到余东村观赏墙画、品味田园风光。还有浙江许多书法村也是类似。又如舟山市定海区新建村位于干览镇西北，居山坳腹地，地势低凹，三面环山，由黄沙、南洞、里陈三个自然村组成，总面积4.5平方千米，耕地面积650亩，山林面积5600亩。共有农户578户，人口1563人。先后获得全国文明村、全国生态文化村、国家级美丽宜居示范村、生态环境教育示范基地、农家乐休闲旅游“十佳特色村”、中国最美村镇等荣誉称号。走进新建村，“南洞艺谷”四字映入眼帘，宛如一个风光秀丽的景区。十多年来，这个村以建设全国艺术院校大学生实习采风基地、戏剧创作活动基地、村官培训实习基地为引领，与中国美院、华侨大学、浙江工业大学等近30所高等院校建立了紧密的合作关系，相继建成了群岛美术馆、文化礼堂、群众艺术创作中心、火车休闲广场、渔人码头、明清仿古老街等于一体的“南洞艺谷”。近年来到村旅游人数突破50万人次，成为浙江省内著名的文化艺术村。

（四）用艺术手法为村庄增色添彩

这类乡村的特色是对乡村没有做太多的艺术改造，而是用艺术方式点缀乡村，增加乡村的艺术氛围，提高乡村文化旅游的吸引力和知名度。如江山市大陈村位于江山市北部，三面环山，回龙溪似玉带从村中穿过，田地肥美，山川秀丽。村落依山就势呈带状分布。历史悠久、人杰地灵、文化底蕴深厚，有600多年历史。村庄获得“全国村歌示范基地”“中国村歌发祥地”等荣誉。这个村用《妈妈的那碗大陈面》的村歌治村，达到了令人意想不到的效果。借助村歌带来的热度，大陈村打起了“文化助推经济发展的品牌”。将古村自然历史景观及大陈面、麻糍、村歌等特色产品及背后的美丽传说、历史典故加以整理，编印成册进行传播。挖掘和利用古村、古祠、古巷道、仿古民宿、传统婚房等，举办传统中式婚庆民俗展示，承办传统中式婚礼。通过举办大陈麻糍文化节，展示大陈麻糍、大陈面等特产制作工艺，以传承非遗、品美食小吃、听大陈故事为特色发展旅游产业。开发“大陈村”农产品，建特色小吃街，拓展村落旅游。组织拍摄微电影、举办书画摄影大赛、开展文化走亲等活动营造文化氛围，推介大陈。充分利用古村落原生态的景观风貌和丰厚的文化底蕴，成立美术写生基地、摄影基地、书画创作基地、影视拍摄基地等，打造“艺术大陈”的品牌。汪氏宗祠也成了大陈村民集体演唱村歌的“剧院”，一年要演唱70多场，这里也成了游客必到之地。村歌还真成就了大陈村，2010年，催生了“大陈面”加工厂，日产15吨的生产线投产，订单不断，一年销量高达3000吨。漂亮的包装盒上，印着《妈妈的那碗大陈面》词曲，“大陈面”畅销到哪里，村歌就传唱到哪里。还有永嘉的芙蓉村，做了数万个灯笼，把村庄的道路和空地都挂上了灯笼，晚上一片灯火通明，引得城里人赶过来观灯畅饮。从这些乡村的实践中我们可以发现，发展乡村旅游，有时候不需要花很多钱，一首歌、一只灯笼都可以把游客吸引过来。

（五）经营艺术来改变村庄的面貌与生活

这类乡村的特色是用艺术经营乡村，把艺术融入乡村美学，重新焕发乡村的艺术气息，以艺术为乡村创造价值。近年来，永嘉县用艺术点亮乡村，通过艺术家“筑村计划”，把音乐、非遗、乡村旅游与乡村建设结合起来，形成了箬溪国际艺术村、楠溪江音乐慢都等个性化、差异化的乡村新面貌。如永嘉县鹤盛镇上日川村的箬溪国际艺术村，将艺术植入乡村，探索“艺术+农业+旅游”的艺术振兴乡村模式。该村原是一个落后的偏远山村。2016年，当地乡贤、北京大学艺术学院博士后周建朋回乡，从自己家开始改造，后受村支书邀请改造整个村庄。把村口民居画上整幅壁画，在村内装上艺术路灯，做艺术绿化带；把村内祠堂改成中国书法馆，把废弃小学改成美术展览馆，将菜地改成艺术家菜园，将农民房改成展厅、画廊，一幅幅美术作品直接挂进了村民家，村民家的庭院被用作露天画室，是村内外大人、孩子学习绘画的场所。目前已成为清华大学美术学院、中国美术学院等二十多家高校、协会或组织的写生基地。游客来此观光都惊叹于一个村子有如此浓厚的艺术氛围。箬溪国际艺术村一年接待访客数万人次，除了来自各地美院的师生，还有海内外诸多艺术家、学者。如今，上日川村已成功改造民宿、酒吧、茶室共20家，村民的人均年收入从2018年的不足6000元，提升至2021年的11 200元，接近翻番。

三、对浙江用艺术提升乡村品位的几点建议

近年来，浙江的艺术乡建取得了很大的成效，现在对艺术乡建关注的人越来越多，许多地方着力艺术乡建，呈现繁荣景象。浙江目前近2万个村，许多村庄可以用艺术的方式提升品位，增加美誉度和辨识度，这可以作为深化浙江美丽乡村建设的一个重要抓手，建议可以以以下方式进行。

（一）梳理艺术乡建的思想理念，完善艺术乡建的顶层设计

艺术乡村建设首先要解决好思想理念问题。通过深入的研究，全面深化对浙江艺术乡建的价值研究，挖掘和弘扬艺术乡建的当代价值和时代特色。全面系统地研究浙江艺术乡建的总体布局、鲜明特色、重点任务、工作路径。开展古村落保护、非物质文化遗产传承、乡村文化旅游开发等的研究，推出更多优秀科研成果，加快研究成果转化，为浙江艺术乡建提供坚实的思想理论支撑。要建立浙江艺术乡建的专家智库，经常开展调查研讨，汇集各方面的思路与理念。每年就浙江艺术乡建一些课题进行深入的研究，在此基础上，要深入总结浙江近年来在用艺术提升乡村品位和辨识度的经

验，总结相关的路径与方法，召开研讨会，交流浙江各地艺术乡建的经验与做法，加强这方面的典型交流与宣传推荐，形成良好的舆论氛围。要积极组织相关人员对浙江艺术乡建进行实地考察与经验交流，进一步推广相关的经验与做法，形成一种重视与实践这个问题的良好氛围。在工作中，要边积累经验，边解决问题，边探索发展的路子，可以在浙江先选择几个乡村面貌特别难看、建设特别杂乱的乡村作为试点，以收到更好的直观效果，再逐步推开，做好工作。

（二）加强对全省艺术乡建规划，进一步推进这项工作

建议在全省进一步推进“艺术乡建及乡村文化个性修复”工程，像抓“四条诗路文化带”一样地抓浙江艺术乡建工作。对浙江适合进行艺术乡建的村庄做一次全面的普查与规划，做出专门的规划与倡导，形成浙江艺术乡建独特的文化景象与文化品牌。制定《浙江省艺术乡建的规范与标准》，把原则性和普遍性的问题确定下来。要精心谋划，全面梳理全省艺术乡建中涉及的各种规划和法规政策，逐条地加以分析，切实地抓好落实。要形成合力，各相关方面要发挥指导和协调作用，按照职能分工，完善配套政策，强化沟通协调，配合各地区及时解决工作中存在的问题。同时，在乡村建设中注重挖掘历史文化内涵，科学编制与规划建设，优化生产、生活、生态空间布局，全力保护历史文化遗迹遗存。在规划设计中，最大限度地保持“原汁原味”，让古老的乡村形态和自然环

境相得益彰。在全省统一推进这项工作的前提下，充分调动各地开展艺术乡建的积极性和创造力，形成强大的工作合力。

（三）加大宣传推广力度，动员社会参与艺术乡建

通过互联网和传统媒体，进一步加大对浙江艺术乡建的宣传力度，让更多的人关心和参与到艺术乡建之中。积极推动社会力量广泛参与艺术乡建的宣传，充分发挥新闻媒体作用，促进艺术乡建走入农民群众、走入日常生活，形成人人参与、人人共享的新格局。浙江改革开放初期是靠星期六工程师发展起来的，把上海、南京、杭州等地的工程师请到农村，大力发展乡村企业，创造了浙江发展的奇迹。今天，我们需要靠星期六设计师来强化乡村各种设计，推进农业的“三产”化和大力发展文化产业。设计是文化转化为经济的中介环节，文化是靠设计转化为经济的。目前乡村中需要重新设计的东西特别多，过去往往对这个问题重视不够，现在需要补课。在艺术乡建中，特别是村庄设计、民宿设计、农产品包装设计、乡村道路与交通设计等工作要大大地加强。近年来，浙江推动设计师下乡，在乡村建立设计师村落。结合村庄旅游的发展，建立设计师工作室，取得了很好的效果。中国美术学院的师生到浙江遂昌，将当地的农产品进行了包装改造，价格翻了一番，让农民尝到了设计带来的甜头。要加强乡村修复工作，重点是对那些失去村庄个性和面貌比较杂乱的村庄，要采取一村一策的方式，吸引更多的艺术家、设计师到村庄进行有针对性的设计，重新找回村庄的秀丽与个

性，提升乡村品位。

（四）加强对浙江乡村文化符号的研究并运用于乡村场景

要打造具有代表性的浙江乡村文化符号和文化标识，深入挖掘和提取浙江乡村的个性文化符号，包括物质形态的文化符号，非物质形态的文化符号和思想与精神形态的文化符号，把这些传统文化符号运用于不同的乡村建设场景。重视个性文化符号在乡村建筑上的表达，推动传统文化的延续性，努力形成“浙派乡村民居”。可以请中国美术学院及相关的规划院，拿出更加切合浙江实际的浙江农村民居建筑推介方案，供各地选择，如杭州以吴冠中的画为蓝本，已经形成了“杭派建筑”推介方案，比较受各地的欢迎，已经在一些乡村得到应用，因此这种方式是比较切实可行的。重视打造与提升乡村特色文化，形成浙江乡村一村一品的文化风格。重视乡村公共设施的建设，乡村的公共休闲椅、候车亭、垃圾箱、入村标识等，也要传达浙江乡村的思想之美、历史之美、艺术之美、生活之美，充分体现浙江乡村的文化个性。

（五）要加强对各级领导干部的培训，强化领导干部艺术乡建的理念

在各级党校和干部培训中，要增加“当代乡村发展与文化传承保护”“艺术乡建的意义与路径”等课程的设置，对各级领导干部进行文化理念与乡村文化建设知识的培训。特别是要培训干部用文

化的眼光、艺术的视野看乡村，提升领导和指导艺术乡建的自觉性和创造力。要加强艺术乡建人才队伍的培养，为浙江用艺术提升乡村品位提供足够的人才支撑。

乡创特派员：破解城乡资源要素双向流动难题的制度探索

胡　钰　沙　垚*

2021年，乡村振兴全面推进。年初发布了《关于全面推进乡村振兴加快农业农村现代化的意见》，随后国家乡村振兴局挂牌成立，6月起《中华人民共和国乡村振兴促进法》开始实施。顶层设计为乡村振兴指明了方向，提出“产业、人才、文化、生态、组织”的振兴，以及农业农村现代化的要求。这是一个全新的、面向未来的布局。但是，中国长期以来二元对立的城乡关系留下了不少有待解决的、积习已久的历史问题，如何破解这些难题，是摆在乡村振兴工作者面前的首要任务。

一、流动：破解城乡之间资源要素的二元难题

习近平总书记在《把乡村振兴战略作为新时代“三农”工作总抓手》一文中强调要“推动人才、土地、资本等要素在城乡间双向

* 胡钰：清华大学新闻与传播学院教授；沙垚：中国社会科学院新闻与传播研究所副研究员。

流动”[1]。2021年中央一号文件指出“加快打通城乡要素平等交换、双向流动的制度性通道”。这恰恰说明了长期以来，乡村发展的问题在于城乡之间双向流动的倾斜或不通畅。

（一）资源的输入与输出

20世纪50年代开始，为了尽快实现工业化，中国制定了偏向于城市和工业的政策，保证有限资源向工业化建设聚拢，形成了以农村为工业化提供积累为内核的城乡关系。[2]因此半个多世纪以来，农村在城乡关系上主要处于“输出”的地位。新中国成立初期，城市以农产品收购价格“剪刀差”和税收等“统购统销”的方式汲取农业剩余。[3]改革开放之后，虽然强调“以工补农”，也配套了一些政策，但随即出现了大规模的进城务工“民工潮”。一方面，他们成为中国城市建设的主力军，但另一方面，却无法享受城市的医疗、教育、社保等公共福利。[4]这一时期，农村主要是以“人力资源”的方式补给城市，助推城市发展。2000年以来，房地产行业兴起，农民辛苦一辈子给子女在城市买房以融入城市生活成为当代较

1 习近平：《把乡村振兴战略作为新时代“三农”工作总抓手》，《社会主义论坛》2019年第7期，第4-6页。

2 郑有贵：《中国城乡经济的分割与一体化改革》，《中国经济史研究》2008年第4期，第20-25页。

3 李溦：《农业剩余与工业化资本积累》，云南人民出版社，1993.

4 谢志强、姜典航：《城乡关系演变：历史轨迹及其基本特点》，《中共中央党校学报》，2011年第4期，第68-73页。

为普遍的现象，有学者将之称为“承继式累积”[1]，而这在某种程度上，未尝不是一个农村资金大规模向城市流动的案例。简言之，半个多世纪以来，农村通过不断输出农产品、劳动力、资金等方式，支持国家城市化、工业化、现代化建设，由此也带来了农村的空心化、组织涣散[2]等现实问题。如今站在“十四五”的新起点，实施乡村振兴，必须彻底解决城乡之间倾斜的资源流动和乡村被“掏空”的问题。

长期以来农村的物质资源输入主要是按照两种逻辑进行的，其一是政治逻辑，在现代化国家建设的过程中，乡村社会日益科层化，政府承担着对乡村启蒙、教化与管理的职能[3]，尤其是20世纪末，乡村被定义为一个需要被解决的“问题”[4]。在此情况下，输入问题被简化为以行政化手段向农村输送资源，比如自上而下地开展公共基础设施的硬件建设，开展“送图书下乡”“送电影下乡”“送戏进万村”等文化类软件建设。其二是经济逻辑，19世纪以来，乡村一直被视为甚至等同于贫穷，富起来是几代人的梦想，尤其是20世纪80年代以来，增加农民收入成为一个基本原则，大多数向乡

1 孙文中：《承继式累积：新生代农民工的购房型社会融入研究》，《深圳大学学报(人文社会科学版)》2020年第3期，第121-130页。

2 王立胜：《毛泽东“组织起来”思想与中国农村现代化社会基础之再造》，《现代哲学》2006年第6期，第46-52页。

3 刘晔：《治理结构现代化：中国乡村发展的政治要求》，《复旦学报（社会科学版）》2001年第6期，第56-61页。

4 赵旭东：《从“问题中国”到“理解中国”——作为西方他者的中国乡村研究及其创造性转化》，《社会科学》2009年第2期，第53-63页。

村的资源输入，都是围绕农民增收这个议题展开的。但这两者，无论是哪一种逻辑，均包含着强烈而深刻的现代化焦虑，以及城乡之间不平等的主体想象，即乡村和农民是以被动角色进入现代化，他们的主体性是“缺席”[1]的，在此逻辑之下，他们无法真正被尊重，无法与城市平等地分享社会治理与经济发展的红利。简言之，对乡村不是没有输入，而是缺乏一种基于平等和尊严的输入。这也带来了一系列的问题，比如前些年农村道德滑坡成为全民热议的话题，更有一些激进主义的宗教，甚至邪教组织进入农村，争夺人心。[2]因此，2021年，中央一号文件要求“乡村建设是为农民而建”，在以人民为中心的时代，全面推进乡村振兴，必须彻底解决对农村的不平等输入问题。

如何解决上述问题？2021年，中央一号文件至少提出了两点方向。一是注重县域统筹，“把县域作为城乡融合发展的重要切入点”。一方面，县城具有“城”的属性，另一方面，县城又与乡村发生着亲缘地缘层面的复杂联结。因此，它必定会成为乡村和城市之间的桥梁与通道。换言之，“县”在城乡之间扮演着媒介学意义上的“连接装置”。二是建立制度性通道。城乡之间资源的双向流动需要常态化和制度化，不能仅仅以活动和运动的方式进行。有了制度性保障，将有可能吸引更多、更稳定的外部资源与乡村进行互

1 吕新雨：《学术、传媒与公共性》，华东师范大学出版社，2015.

2 贺汉魂、皮修平、洪焱森、刘爱民：《衡阳市农村邪教调研——邪教的文化学分析》，《宗教学研究》2007年第3期，第161-165页。

动、交流和碰撞。

因此，本文将2021年中央一号文件置于百年乡村发展的线索之下进行考察，认为百年来乡村发展的转折点已经来临。那么，下一步问题在于，如何在县域统筹的框架内建立乡村振兴资源流动的制度性通道，关键是人。

（二）人才回流的类型及其分析

乡村振兴战略实施以来，越来越多的人才向乡村聚集。体制内培养的人才，如选调、挂职、定向引入等；伴随招商引资而来的商业人才，如大型制造或互联网公司等派驻县域的经济人才和管理人才，除以上两种人才回流的情况外自主自发流动进入乡村振兴领域，且值得关注的人才还至少包含如下三个方面。

首先，返乡创业人才。此类人才的基本特点，一是对家乡有感情，有乡愁，他们大多拥有童年乡村记忆；二是由于私人资本能力有限，他们的投资大多属于中小型。一方面，他们需要借助社会资本，或者说必须嵌入乡村社会关系和结构之中，才有可能完成创业行为；另一方面，由于地缘亲缘关系，如他们的叔伯、娘舅等依然生活在乡村，因此他们返乡之后不得不与乡土社会发生深刻互动。[1]这就决定了他们的返乡创业行为本身就是一次城乡文化的交流和碰撞，两种文化认知、生活方式、思维方式和情感结构在实践

1　赵月枝、沙垚：《被争议的与被遮蔽的：重新发现乡村振兴的主体》，《江淮论坛》2018年第6期，第34-40页。

中相互形塑，进而诞生出一种被乡村文化规训过的外来文化，或者说一种被外来文化改造过的乡土文化。这是一体两面的过程。

与此同时，返乡创业及返乡者值得被鼓励还有两点原因：一是在情感和乡愁的影响下，经济利益不是其唯一的目的，在一些特殊情况下，他们会舍弃部分经济利益，去照顾更多的情感与关系。此类返乡者及其创业行为所遵循的逻辑是，社会价值与经济价值并重，在创造社会价值的过程中收获经济价值。二是中小资本属性决定了他们在与县级政府的协商过程中并不具有绝对的议价能力，相反，他们具有一定的妥协性，更愿意接受县级政府的统筹安排，希望自己的经济行为与县级政府的政治逻辑保持一致。

总之，返乡创业者是一个值得关注的人才群体，也是与县域统筹最契合的理想群体。因为，一方面，他们受到文化的规训，常常愿意遵从乡土社会的部分传统；另一方面，他们受到组织的引领，常常愿意接受县级政府和组织部门的管理、引领，乃至考核。

其次，艺术类人才。在城市化进程中，出现了诸多“城市病”，如空气污染、食品安全等，都市生活中充斥着焦虑、紧张和压力。有感于此，一些敏锐的艺术家、学者、诗人、媒体人等开启了艺术支持乡村建设的路径。从世界范围来看，这一现象可以追溯到工业革命以来的欧洲，以及19世纪以来的逆城市化等现象。但相较而言，其最大的不同在于艺术类人才与乡村社会的互动关系及其程度。在欧洲实践中，进入乡村的艺术家很少与乡村社会发生互动，他们更多将乡村视为远离城市喧嚣、拥挤与肮脏的度假地或后花园。[1]从中国近现代史来看，此类艺术人才或许可与梁漱溟等早期从事乡建的知识分子相比较，他们都认为乡村是现代化进程中不应该被遗弃的存在，乡村不一定就代表着愚昧、落后，也未必是一个需要克服或解决的“问题”，相反，在他们的观念中，乡村是美丽的，某种程度上形成了对城市的救赎，不仅指向自然风景，更指向社会关系和生活方式。如果说早期艺术类人才进村更多是为了标榜一种后现代或仅仅是因为逃避城市高昂的房租，至20世纪后半叶则已经形成了某种自觉以及产业诉求。

有学者总结出艺术家支持乡村建设的三种范式：一是艺术家在乡村创造或置放一些艺术作品，开展艺术节，实现对乡村环境的艺术化营造或重构；二是基于乡村的文化资源，艺术家与村民展开在地化的深度合作，共同探索乡村文化复兴的路径和呈现形式，其间也包括观念的碰撞与融合；三是通过艺术商品生产来调整农村的产业结构，实现产业发展与乡村经济基础的提升。[2]第一种范式试图打破城市在艺术审美领域的霸权，对外建构乡村的美学实践，对内进行村民的美育教育，同时，在可能的情况下，也依托艺术节等开展一定的节会经济；第二种范式强调乡村社会的传统、文化的传承演绎，以及村民的主体性，外来艺术家及其艺术行为必须嵌入乡土文化，与村民联合，激活内生动力；第三种范式则以产业为主导，打造乡村艺术知识财产

1　雷蒙·威廉斯：《乡村与城市》，韩子满等译，商务印书馆，2013.

2　曾莉、齐君：《环境、文化、产业——论艺术乡建历程上的三个主要范式》，《南京艺术学院学报（美术与设计）》2020年第2期，第140-146页。

（Intellectual property，IP），或将乡村建设为艺术品集散地。

最后，经理型人才。《关于加快推进乡村人才振兴的意见》中提到“鼓励有条件的地方支持农民合作社聘请农业经理人”。事实上，杭州市余杭区自2019年就开始面向社会公开招聘农业经理人，甚至开出了最高百万的绩效奖励。2020年，乡村职业经理人/村庄运营师等新兴职业已经在杭州、湖州、绍兴等地推广。但也有媒体观察发现了早期的职业经理人被村民公投辞退的现象。[1]乡村职业经理人作为一个刚刚出现的乡村人才引进机制，已经显示出足够的能量，引起社会各界的关注。它是否有可能全国推广？文件中的措辞是“鼓励有条件的地方”。何谓“有条件”？究其原因，职业经理人之所以出现，是因为小农经济和乡村合作社很难适应大规模的市场化、企业化运作，需要有专业的经济管理人才居中协调。一方面，乡土社会是一个人情社会，经济逻辑并不是其运行的主要逻辑；另一方面，现代公司运行在契约的基础上，以追求经济利益最大化为主要目标。引入经理人制度正是为了缓冲乡土社会和现代公司之间的矛盾，但比较遗憾的是，这一矛盾并未从根本上解决。因为在实践中，经理人更偏向于现代公司制度，并以此为参照试图改造乡村。问题在于，经理人制度一边受雇于乡村，一边却要改造乡村。某种程度上说，这对农业经理人的要求是很高的，他们需要具备适应并调和两种文化的能力，而非一般意义上的企业经理人。在此前提

1　巩持平、倪琦悦：《18万年薪聘来的乡村职业经理人，1年后就被村里辞退了》，上观新闻：https://export.shobserver.com/baijiahao/html/346230.html,202 10303/20210326.

下，文件中所要求的“条件”是指已经建立了相对成熟的、市场化运作的农业合作社或现代企业的村庄，或者说，经济事务已经从村庄事务中相对剥离并独立运行。如果参照党的十九大报告提出的培养一支“懂农业、爱农村、爱农民”的“三农”工作队伍的要求，在中国更为广大的农村地区，农业职业经理人的“条件”或许并未成熟。如何建立和完善农业产业发展的人才引入机制，是一个重要的考验。

综合如上路径，当前乡村振兴过程中，人才引进方面还存在一定的问题。一是如何融入县域社会。艺术家和经理人如何将乡村建设工作与县域政治运行结合在一起，获得政府的支持；如何与县域企业建立更多、更深入的合作，借助县域企业的力量勾连乡土社会与外部市场；如何参与以人情为主要特征的县域文化，并将其转化为乡村振兴的正能量。这些都是当前需要处理却没有处理好的问题。简言之，即外来人才如何适应县域政治、县域经济和县域文化。二是缺乏社会治理的视角。外来人才大多数以追求经济利润为主要动机，间或有一定的情怀因素，但乡土社会毕竟是以农民为主体的社会，必须激活农民的主体性，调动内生性的文化传统，来应对乡村社会转型过程中可能出现的种种危机或困难，是为社会治理，而不能单纯地去追求经济效益。换言之，只有将社会治理纳入考量，乡村的经济行为才会可持续。三是缺乏制度保障。上述三类返乡者大多是自觉行为，县域政府和组织部门并没有统一的制度来引导、服务和管理相关人才，虽然作为实践者，返乡者的探索弥足珍贵，为乡村人才振兴积累了丰富的经验，但也很容易出现资源浪费、同质化竞争和后继乏力等不可持续发展的问题。有鉴于此，一套关于乡村人才振兴创新制度的拟定和实施迫在眉睫。

二、乡创特派员：县域内的制度创新

2020年起，江西省景德镇市浮梁县与清华大学文化创意发展研究院合作，成立在地化的浮梁乡创学院，发起“乡创特派员”制度，展开一项社会试验，以行动研究回应上述问题。

（一）乡创特派员的制度安排

什么是“乡创特派员”？这是一项效仿“科技特派员”，而又有所区别的，致力于乡村振兴模式探索的社会实验与制度创新。20世纪末，有感于农村发展的困境，福建省南平市探索出选派村党支部书记、科技特派员和乡镇流通助理等适应农村市场经济发展要求的农村工作新机制。[1]这一系列的农村制度性探索都是坚持以人才为突破口，致力于协调乡村社会与市场经济发展问题。尤其是科技特派员制度，以科技创新为引擎，以制度为保障，以创新驱动为目标，促使农业从“资源依赖型”向“科技支撑型”转变，进而统

1　习近平：《努力创新农村工作机制——福建省南平市向农村选派干部的调查与思考》,《求是》2002年第16期，第13-16页。

筹城乡发展。[1]随后，科技特派员制度被推广至全国。在科技特派员制度的安排下，大量科技人员进入乡村第一线，不仅带去了大量的农业技术，如品种选育、规模化种植、养殖、标准化生产等；而且帮助农业产业向前、向后延展，帮助农民对接市场，为农民提供生产资料供应、信息服务、市场销售、储运加工、社会融资等综合性服务；更为难能可贵的是，科技特派员帮助农民成立了行业服务组和专业协会，提高了农民的组织化程度，这是改变农民和农业弱势地位、推行农业产业化经营的重要前提。

在科技特派员制度的启示下，浮梁县委组织部和清华大学文化创意发展研究院共同发起了“乡创特派员”制度。那么，什么是“乡创”，为什么是“乡创”？一般来说乡创可以理解为“返乡创业”“乡村创新创意”“乡村创客”，等等，它是由建筑设计师、艺术家、文创从业者等群体发起的概念。但在本文中，我们首先认为，“文创”不是简单地对一些日常用品进行创意设计，而是对文化进行创造性转化和创新性发展；而“乡创”则是用上述“大文创”的概念赋能乡村振兴，即用文创盘活乡村资源，为乡村赋能，推动城乡融合发展。因此，仅仅从概念来看，“乡创”就不只是一个关于文化和产业的概念，更是一个关于社会的概念。简言之，我们认为：如今乡村振兴时代，文化创意已经成为乡村发展新的引擎。

这样一个认识论是重要的。因为在第一产业利润空间被压缩，

1 丁太顺：《科技特派员制度的创新模式及系统思想研究》，博士学位论文，中共中央党校，2011，第11页。

第二产业与乡村很难匹适的情况下，新时代乡村如何发展？这需要思路转移，即将由外而内的“援助”改为由内而外的“激活”，在乡村内部进行考察会发现，文化和生态是既有优势，那么下一步的关键在于对文化和生态进行创造性转化和创新性发展。

事实上，早在新农村建设时代，就有学者以浙江省安吉县为案例，总结了文化创意与乡村有机结合的可能性。提出通过文化创意实现地方文化资源的继承和创新，推动农村产业的转型升级，促进城乡的协调发展，丰富农民精神生活的理念。比如开发手工艺等非物质文化遗产的工艺品，通过乡村旅游进行售卖和推广，同时注重体验经济，赋予其文化内涵。[1]也有学者总结了脱贫攻坚过程中，文创融入与助力的经验，提出通过空间场景搭建、打造文创品牌、互动体验设置等方式将文创转化为一种生产力，在实现经济价值和文化价值两个方面助力精准扶贫。[2]

从2018年底，文化和旅游部等17个部门联合发布的《关于促进乡村旅游可持续发展的指导意见》到2021年中央一号文件提到“开发休闲农业和乡村旅游精品线路”，文旅是乡村振兴的重要产业。如果说在新农村建设时代，依托农家乐建设的热潮，乡村旅游主要指在乡村地区，以乡村性的自然和人文客体为吸引的旅游活动，其主要形式有乡村自然风光旅游、农庄旅游、民俗和民族风情旅

1　舒川根：《文化创意与新农村建设的有机结合——以安吉县创建“中国美丽乡村”为例》，《浙江社会科学》2010年第7期，第120-122页。

2　杨海平、谢友宁、牛睿敏：《文创助力精准扶贫问题研究》，《中国编辑》2020年第12期，第63-68页。

游。[1]在乡村振兴时代，依托民宿发展，乡村旅游肩负了新的使命，即推动乡村资源优势和生态优势转化为乡村产业发展的经济优势。[2]

如何实现这两个版本之间乡村旅游的产业升级与经济转型？文化创意是重要的推动力。[3]以文化激活乡村旅游，以创意提升乡村旅游。联合国教科文组织在《旅游、文化和可持续发展》报告中指出："创意、文化、经济与技术之间的交互作用，表现为创造和运用智力资本的能力，具有创造收入、扩大就业和增加收入的潜力，同时能够促进社会凝聚力、文化多样性和人类的共同发展。"[4]具体到文创与旅游在乡村振兴实践中的融合发展，"重点是发展各类旅游项目的人文内涵，打造旅游产品的魅力智核"。[5]尤其是从故事、体验和授权三个方面进行着力。[6]

因此，乡创特派员制度是在这样的背景之下展开的。根据浮办字（2020）74号《关于创建乡创特派员制度的实施方案（试行）》的通知，乡创特派员制度，"是以创新创意创业人才引入为抓手，以在地人才升级为基础，以唤醒乡土文化和特色资源为切口，以文

1 何景明、李立华：《关于"乡村旅游"概念的探讨》，《西南大学学报（社会科学版）》2002年第5期，第125-128页。

2 陈文胜：《论乡村振兴与产业扶贫》，《农村经济》2019年第9期，第1-8页。

3 周雪、龚佳：《乡村旅游与文化创意产业融合发展的路径研究》，《农业经济》2020年第7期，第59-60页。

4 花建：《论文化产业与旅游联动发展的五大模式》，《东岳论丛》2011年第4期，第98-102页。

5 花建：《文化创意产业与相关产业融合发展的四大路径》，《上海财经大学学报》2014年第4期，第26-35页。

6 胡钰：《文创理念：当代文化发展的新观念》，《湖南师范大学社会科学学报》2019年第3期，第126-132页。

创、文旅、科创等跨界融合推进在地产业振兴为重点，带动社会化创新落地乡村，深化乡村治理，助力乡村振兴、实现绿色发展的新探索；是自上而下政府引导支持与自下而上创意培育生长相结合的一种乡村创新发展模式"，乡创特派员包括"掌握乡村创新发展理念的公务员、企业家、创业者、社会工作者、艺术家、设计师等"个人乡创特派员，也包括"创意工作室、中小微企业、成果转化中介服务机构等"法人乡创特派员和团队乡创特派员。他们"作为乡村'首席运营官'，开展'一村一员'特派服务，引导支持在地产业发展和文化发展，与村书记、主任形成'双轮驱动'，共建人文乡村，共创县域经济高质量发展特色之路"。

具体而言，乡创特派员不是第一书记，不是基于行政命令而选派和驻村，他需要在有共识的乡创发展理念指导下，发挥主动性，通过最大限度地调动外部资源，盘活在地资源，以项目为抓手，最大化组织与村里发展适配的资源，形成一个自我良性运转的长效发展机制。

（二）制度创新的理论意义

浮梁创设乡创特派员制度，主要考虑的是建立一个制度性的通道，解决城乡之间资源要素和人才流动的历史性难题。一方面，以制度创新撬动社会力量，为各类人才来到乡村提供保障；另一方面，强调文化创意在乡村资源要素激活与转化过程中的重要作用。

这一制度创新的理论意义至少表现在如下三个层面。

其一，人才层面。《关于加快推进乡村人才振兴的意见》重申了“党管人才”的原则，乡创特派员来自社会各行各业，人员背景及构成十分复杂多元，更进一步说，未来乡村振兴的主体不可能仅仅是传统意义上的村民。当各类主体进入乡村之后，如何引导、管理与服务？同时，双向流动的乡村也不可能是一个封闭的乡村，当大量城市居民进入乡村安家、置业、生产、生活，他们的经济、文化和价值观念都很不一样，如何处理外来人才（或者说新村民）与传统村民的关系？类似于20世纪80年代农民工进城的某种反转，当年的历史是否可以为今天提供某种教训或借鉴？这是当前乡村振兴全面启动阶段迫切需要探索的问题，而由县委组织部牵头实施的乡创特派员制度则是对未来可能出现的问题的提前预判与回应。

其二，产业层面。乡村的产业振兴离不开资本，事实上，资本流向乡村是资源双向流动的必然要求。但是早有学者提醒，“乡村振兴战略尤其不是，更不能是为资本下乡、城市富人下乡提供市场通道”[1]。如何理解和破解这一矛盾呢？学者的顾虑在于，首先，资本必然追求利润最大化，某些时候甚至会与生态环境、乡村社会和农民争利，过去几十年不乏这样的反面案例；其次，对于某些全球商业大资本来说，县级政府议价能力较低，县域也很容易沦为其生产基地，农民的权益无法得到有效保障。2021年，中央一号文件重申了县域经济和村庄集体经济的重要性。乡创特派员的特点，一是

1　贺雪峰：《关于实施乡村振兴战略的几个问题》，《南京农业大学学报（社会科学版）》2018年第3期，第19-26页。

他们大多在县域经济的框架之内从事经营活动；二是他们签订合约，接受县委组织部、人社局、文旅局和农业农村局的考核。由此，既能回应学者的焦虑，又能为乡村引入资本和资源。

其三，社会层面。2021年，中央一号文件在“农业现代化”的同时不断强调“农村现代化”，如果说前者指向了“经济”，那么后者则更多指向了“社会”。乡创特派员制度的创设之初，便是希望以制度撬动社会。无论是布洛维所号召的“发现社会”[1]，还是熊培云所呼唤的“重新发现社会”[2]，社会在当代中国具有重要意义。乡创特派员引入通过制度建设，吸引和动员了社会各行各业、多元化的创新创意人才加入乡村振兴行动。在经济和乡村、政治和乡村、城市和乡村之间撑开了一个中间场域，乡创特派员，一方面和乡村成为利益共同体，与上级政府、外部市场和城市文化展开对话、获得资源；另一方面和村民也会形成一种对话关系，他们在村庄内部传播政策、文化和价值，帮助村民了解现代化，了解世界。

其四，文化振兴。在理念上，文化创意追求的不是薄利多销的流量逻辑，而是文创赋能，提升文化附加值；也不是工业化、标准化的生产逻辑，而是智力密集型的创意升级。因此，乡创更强调节约资源和环境友好的理念，拒绝化学污染农业，重视人的创意、灵感和体验。在调研中，我们被问到最多的问题是绿水青山如何变成金山银山，这就需要一个中间变量，即文创，激活沉睡的资源、闲

1 麦克·布洛维：《公共社会学》，沈原等译，社会科学文献出版社，2007.

2 熊培云：《重新发现社会》，新星出版社，2020.

置的资产，进行创意改造，实现产业转化和观念转变。与此同时，也只有在传播的过程中，艺术、信息、情感等被更多人认同和分享，才能形成文化，表现在思维方式、行为方式、意图和语言等方面。[1]由此，文化也才能获得传承与发展。

（三）乡创特派员实践的社会效果

2020年9月，由浮梁县委组织部牵头向全社会发起“乡创特派员”招募和遴选计划，至该年11月，经过多轮筛选，最终确定了第一批26名“乡创特派员”（可以是自然人，也可以是法人，也可以是团队），每名乡创特派员定点运营一个村庄，按照特派员提交的志愿书，县委县政府也相应地从全县16个乡镇143个行政村中选出了26个村庄。这恰好符合了2021年中央两办发布的《关于加快推进乡村人才振兴的意见》中所要求的“深化乡村人才培养、引进、管理、使用、流动、激励等制度改革”。

乡创特派员与县、村的关系是组织管理、赋权、赋能。首先，组织管理。他们受到县委组织部人才工作的考核管理，浮梁县为此还在组织部下面专设了“乡创办”统筹协调各项乡创工作，专职联络、服务、引导和管理乡创特派员。其次，赋权。乡创特派员没有行政权力，但他们对政府的相关决策有知情权、建议权，有权列席村委会的相关会议，有为乡村振兴建言献策的绿色通道。最后，赋

1　雷蒙·威廉斯：《文化与社会：1780—1950》，高晓玲译。商务印书馆，2018.

能，县政府建立乡创专项扶持基金和返乡创新创业人才库，给予政策、职称、编制、项目和资金等方面的扶持，尤其是对这批人才进行继续培育，同时为他们对接资源、提供服务。这里的“资金支持”，有别于其他由财政全额拨款扶持的乡村建设项目，而是成立乡创基金，对乡创特派员项目进行贴息和风险保障；这里的“项目支持”，是指政府各部门统筹整合既有的乡村发展项目，以“项目超市”的名义公开竞标，所有符合条件的村庄参与投标，乡创特派员帮助其所在村庄争得项目。

乡创特派员的职责在于以下三个方面。第一，乡村特派员进行乡村文化资源的普查与激活。协同县文化广电新闻出版旅游局等相关部门、镇村干部、在地乡贤、行业精英等展开对乡村文脉、文化遗存、生态资源等系统梳理。在梳理基础上，分析研判乡村哪些资源适合做成特色亮点、打造IP；激活哪些资源可以发展社会/文化事业，增加村民的获得感和幸福感；以及哪些资源可以进行产业化转化。第二，乡创特派员与乡村实现产业共创共赢。依托乡村优势资源，导入外部市场资源的基础上，和村双委、村民一起，探索一条适合乡村的特色产业路径，培育乡村新产业、新业态、新模式。比如建设数字乡村，发展电子商务，以及在外部市场积极推广/代言所在村庄的农特产品，帮助提升品质、打造品牌、开发乡村文创产品，增加当地特色农副产品的附加值。乡创特派员发展乡村产业，必须实质性增加农民收入，同时支持或带动农村集体经济发展，建议与村级集体经济组织开展合作，推动村级集体经济不断壮大；在没有村级集体经济的村庄，或可支持或协助成立村级集体经济组织。第三，乡创特派员有义务为村庄引入外部人才和机构，帮助他们多维度地与村庄建立联系，或在地或远程服务村庄，支持乡村振兴；带动返乡青年，与之合作协力运营村庄，调动其积极性与创造力，助推农业农村人才队伍建设；为村民和基层干部提供必要的宣讲、培训、教育等服务，引导在地人才转变观念，提升专业技能，增强组织能力和自我管理能力。简言之，乡创特派员的工作是“自带干粮闹革命”，在乡村资源和市场需求之间发挥桥梁作用，最终实现与村庄共赢。

2021年春节，浮梁县依托乡创特派员，启动了名为“浮梁红，守千年”焕新中国节系列活动。由于新冠肺炎疫情，该项目在线上与央视网合作打造“云村晚”，立体呈现浮梁乡村特色文化；与网易逆水寒合作，数字化保护与传承中华传统文化；与二次元社区“漫芽糖”合作，完成万人手绘。线下，打造“苍溪秘境”汉服秀，艺术家聚集创作国潮街画等。最重要的是该项目融合了社会治理元素，安排了老村民向新村民讲述村庄历史，村干部走访贫困户，以及和乡创特派员一起围炉夜话等环节，共同谋划村庄的未来，研究村庄正面临的问题，探索策略。这次活动，共有356名村民参与直播，摄制200+短视频/微记录/微剧，12家权威媒体深度报道，全网实现2亿传播体量。

端午节期间，浮梁开展了“沧溪风华录”这一“以场景代替设施”的新文旅项目。以沧溪村文、武、商三脉历史为背景，以沧溪古村为实景场地，以田园国风为主题，以虚拟武侠世界为架构，为苍溪村量身定制地创作和开发了大型实景沙盒世界。《沧溪风华录》借鉴了沉浸式演绎、剧本杀、沙盒游戏等年轻态娱乐体验的优势，全员汉服强化沉浸体验和代入感，预设大量互动剧情和任务，让玩家沉浸在游戏娱乐的快感之中，同时能够体验和感知沧溪村1700年的人文历史风貌。有50多名在地村民参与《沧溪风华录》，游戏环节将村民的自营小店、手艺、民俗等串联到剧本中，做到与乡村、村民共融，持续与村民携手不断迭代更新剧情和场景。村民们在参与活动中投入了极大热情，村民和当地游客都对活动给予了充分肯定，都更加热爱浮梁了。

近一年的实践，乡创特派员已经获得了不错的社会成绩。比如寒溪村特派员引入日本“大地艺术祭”，发展出“艺术在浮梁”这一文化品牌，邀请国内外艺术家根据寒溪村的历史文化进行创作。并积极与村民互动，表现在：一、帮助村庄成立集体经济组织，艺术节收入与村庄分红；二、带动村庄发展餐饮、民宿、研学等业态；三、孵化出一支淳朴可爱又敬业的“萤火虫”志愿者队伍；四、邀请村民和儿童参加田园戏剧的演出，激发文化自信。比如曹村特派员帮助村庄盖了一个大食堂作为公共空间，定期与村民议事，共同决定村庄公共事务，发展艺术类垂直领域的民宿和田园生活体验的文旅业态，帮助村庄发展集体经济，增加就地就业岗位，增加村民收入。比如港口村特派员发展儿童研学和红色研学，培育出一支以村民为主体的经营管理团队，帮助村民销售土特产品，提供就业岗位增加村民收入。再比如曹村（注：另一个村庄，恰好也叫曹村）特派员通过自己的旅行社资源为村庄导入流量，和村民一起种植柿子树，养殖藏香猪，发展农业产业的相关业态，帮助村庄成立了由村民控股的集体经济组织，增加农民收入，等等。

2020年，习近平总书记在基层代表座谈会上指出："'十四五'时期，要在加强基层基础工作、提高基层治理能力上下更大功夫。"[1]乡村治理一直以来都是中国社会治理的薄弱环节。文化是一个很好的切入点，可以取得润物细无声的效果。在此过程中，很多意义是叠加的，比如社会治理、人才资源、组织制度、产业业态、文化传承等。比如乡村春晚在内容上可以回应社会问题，在形式上可以增强村庄的组织力；比如艺术乡建在内容上可以让乡村成为时尚和审美的高地，在形式上可以通过文旅带动村庄集体经济和新型业态的发展；比如文创节会，是对乡村振兴战略中各类人才（公务员、企业家、创业者、社会工作者、艺术家、大学生、媒体人、本村人才）和各类资源、各类组织单位如何高效协作、加强沟通的大演练。

结语

自鸦片战争以来，乡村便一直被视为"阻碍现代化理想"[2]实现

1　习近平：《在基层代表座谈会上的讲话》，《人民日报》2020年9月20日。

2　王铭铭：《灵验的遗产——围绕一个村神及其仪式的考察》，转引自郭于华主编《仪式与社会变迁》，社会科学文献出版社，2000.

的“他者”形象。2021年，中共中央提出全面推进乡村振兴，实现农业农村现代化，落后了近200年的乡村，如今迎来了“振兴”的新时代。

习近平总书记在谈到“坚持走中国特色乡村振兴之路”时指出：“实现乡村振兴是前无古人、后无来者的伟大创举，没有现成的、可照抄照搬的经验。我国乡村振兴道路怎么走，只能靠我们自己去探索。”[1]乡创特派员制度就是这样的一个探索。一是要重视发挥中华优秀传统文化的作用，发挥好风俗习惯、村规民约等自治与德治的社会功能，探索总结和推广乡村传统文化在乡村振兴中的作用和经验；二是中国国情不同于美国与欧洲，不可能像欧美那样搞大规模农业，要抓好农民合作社与家庭农场这两类主体；三是不能将乡村定义为依附于城市的后花园，成为城市富人的消费地。

现代化的乡村必须有整体性的、有机性的社会样态。在乡村，不只是看到建筑，更要看到人；不只是看到风景，更要看到劳动；不只是看到展演，更要看到生活；不只是看到产业，更要看到治理。如此，才是农村社会的现代化，才是农民的主体性成长，才会有一个有血有肉、有情有义、可自我成长、可包容万物的乡村。

为了实现这个美好的愿景，我们在江西省浮梁县展开了一项社会实验，包含两个关键词，一是制度，二是乡创，探索了乡村振兴的一条新路径。前者作为保障，后者作为引擎，希望以此推动城乡

1　习近平：《把乡村振兴战略作为新时代“三农”工作总抓手》，《社会主义论坛》2019年第7期，第4-6页。

之间人才与资源的双向流动。新时代实现乡村振兴需要文创支持，从传统乡村到现代化乡村，离不开智慧、创意和文化引领的转型升级；乡村振兴更需要制度创新，需要有一系列的制度保障来确保乡村振兴的常态化、稳定性和可持续。

2021年，作为全面推进乡村振兴的起点之年，全国乡村振兴有哪些模式，尚有待探索，发展乡村旅游是重要且必要的，但绝不能乡村振兴只有农旅开发这一条路径、一种模式。因此，一方面，我们强调社会治理是各类乡村建设主体的共同责任和目标，尤其应将县级政府摆在突出的位置上；另一方面，我们也号召重新发现社会，撬动多元社会力量积极探索乡村振兴的不同模式。而本文提供的乡创特派员的案例，则是一种事半功倍的模式探索，让多元社会力量与乡村社会治理紧密结合。

“绿水青山”的生态社会主义理念是一场哲学革命，从此乡村彻底告别工业化时代粗放型的发展理念，新的绿色发展理念帮助乡村重新找到了文化自信，重塑了乡村的核心价值，乡村以其生态和文化优势再度引领时代发展的方向。2021年，处于全面建设社会主义现代化国家新征程、向第二个百年奋斗目标进军的新起点，我们有理由相信，在文化创意和制度创新的支持下，中国乡村会取得前所未有的振兴。

艺术乡建：从助推共同富裕到促进人的全面发展

王旭晓*

艺术乡建是乡村振兴重要而关键的环节，艺术能让乡村变美，让自然变美，助推共同富裕。而到自然中去，感受自然的美，自古以来就是美育的一种方式。美育是直接作用于人的感性，这是人的全面发展不可缺少的。美育又是一种终身教育，艺术乡建所创造的美也必然能起到美育的作用，从而促进人的全面发展。

一、助推共同富裕的艺术乡建

艺术乡建着力于以艺术改变乡村，“让村庄变得更美”“唤醒沉睡的乡村之美”是艺术乡建团队的目标。而艺术乡建能助推共同富裕，也正是因为艺术乡建与美的关联。

北大荒是我留下整整9年青春岁月的地方，现在看到建三江农垦管理局所属的辽阔的绿色田野上褐色的北大荒集团的标识与“中

* 王旭晓：中国人民大学哲学院教授。

华大粮仓”字样，到秋天底色变成金黄，褐色的图样与大字更为醒目，这是田野的艺术化啊！或可称为“大地艺术”吧。更亲切的是这是我当年所在的农场的大地艺术，也是以田野庄稼为底板，大字书写了“智慧八五三 绿色大厨房”，还有飞机、农机与人等，田野因此更为丰富灿烂。为我曾经熟悉的大地增加了艺术的气息。

《人民日报》2022年2月25日14版以《一步一景，村庄变得更美》为题报道了浙江绍兴越城区坡塘村云松自然村乡村振兴建设的成绩。百亩茶园上悬空倒挂了一把直径约两米的茶壶，壶嘴向下倾倒着一道水柱，仿佛正在泡茶，腾起的烟雾不禁让人“闻”到了茶香！这是云松村标志性作品《云峰飞瀑》。更有绿色茶园上飘扬的柠檬色的绸布，阵风吹来绸布变幻着各种繁复的形状，如一幅幅灵动的图画！这就是名为《看见风》的作品，是这个村庄独有的“艺术风”。这个村庄的艺术乡建始于2020年，是在中国人民大学艺术学院“艺乡建”团队的帮助下开展的。他们与村民一起创作创意作品、建设展示平台、设计微型景观、开发各种文创产品等，让村民共同参与，让村庄变得更美，云松村也成为远近闻名的网红村。然后进一步开办民宿、风味餐厅，吸引游人，带动增收。“艺乡建”团队负责人陈炯教授告诉我，现在云松村年游客量在20万～30万人次。因此，他认为艺术是激活传统村落特色的最佳途径，同时可以保留乡村风貌，推动乡村生产生活生态的健康发展，助推共同富裕。

助推共同富裕的关键也是乡村振兴的关键，在于乡村的产业振兴，因为只有产业振兴才有可能创造出更多的就业机会和岗位，才有可能为农民增收，实现农村富裕。乡村是与大自然直接相连的，党的二十大报告中再次强调："我们坚持绿水青山就是金山银山的理念"，要通过全面的治理保护生态环境，让"我们的祖国天更蓝、山更绿、水更清。"[1]青山绿水就是金山银山，要通过全面的治理保护生态环境来实现，而艺术的加持，更能让乡村散发出迷人的魅力，让更多的人到乡村去感受乡村的美，同时帮助乡村日益富裕。

二、美育与感受自然的美

到自然中去，感受自然的美，自古以来就是美育的一种方式。从古希腊的柏拉图到近现代英国的培根，法国的卢梭，苏联的苏霍姆林斯基，中国的梁启超、蔡元培，都有着精辟的论述。而美育的目标是直接作用于人的感性，这是人的全面发展不可缺少的关键环节。

古希腊哲学家柏拉图（Plato，公元前427—前347）认为最好的教育方式是音乐，但他也强调："我们不是应该寻找一些有本领的艺术家，把自然的优美描绘出来，使我们的青年们像住在风和日

1 习近平：《高举中国特色社会主义伟大旗帜 为全面建设社会主义现代化国家而团结奋斗——在中国共产党第二十次全国代表大会上的报告》，人民出版社，2022，第11页。

暖的地带一样，四围一切都对健康有益，天天耳濡目染于优美的作品，像从一种清幽境界呼吸一阵清风，来呼吸它们的好影响，使它们不知不觉地从小就培养起对于美的爱好，并且培养起融美于习惯吗？”[1]

英国哲学家弗兰西斯·培根（Francis Bacon，1561—1626）是一位推崇科学、崇尚知识、追求真理的思想家，他尖锐地批判中世纪的经院哲学，主张全面改造人类的知识，使整个学术文化从经院哲学中解放出来，实现伟大的复兴。他提出了唯物主义经验论的原则，认为知识和观念起源于感性世界，感觉经验是一切知识的源泉，要以感官经验为依据，探索自然，获得自然的科学知识，从而发展生产，促进社会发展。培根的思想影响着整个社会，教育家把培根的唯物哲学应用于教育，提出教育要“遵循自然”，并在自然教育中日益重视美育。

捷克的教育家扬·阿姆斯·夸美纽斯（Johann Amos Comenius，1592—1670）是西方近代教育理论的奠基者。他从适应自然秩序的原理和感觉论出发提出了他的教育原则。夸美纽斯重视以绘画、音乐训练感觉、想象力、记忆力及相关的器官，特别重视以美育来发展学生的感觉。在他任兄弟会学校校长时，为了培养学生热爱自然的情感，还常常带学生出城远足。

法国的启蒙思想家、教育家让-雅克·卢梭（Jean-Jacques

1 柏拉图：《柏拉图文艺对话集》，朱光潜译，人民文学出版社，1963，第62页。

Rousseau，1712—1778）在儿童教育领域有极大的贡献，被誉为“发现了儿童”。卢梭提倡的教育是自然教育，或称自然主义教育，其核心是“回归自然”。因为卢梭认为善良的人性存在于纯洁的自然状态之中，而社会的文明特别是城市的文明使人性扭曲，回归自然就是要远离喧嚣的城市。所以15岁前的教育必须在远离城市的农村中进行，让人回到“自然的状态”，即保持着人的善良天性。这是卢梭教育的目标和根本原则。卢梭认为，除了以艺术来发展学生的视、听、触觉以外，还要培养一种内在的感觉，他称为“共通的感觉”。这种感觉是把许多连续发生的和同时发生的感觉加以比较得出的关于感觉的判断，是一种混合的或复合的感觉，可以联系、比较并分析那些感官所觉察不到的各种关系。这种“共通的感觉”指的是想象力。卢梭认为儿童如果没有想象力，他们面对日出的彩霞、灿烂的黄昏，就不能看出这些景物之间的关系，也就不能理解这些美。想象力的培养，不能靠成人的传达，而要让儿童自己去体验，到大自然中去体验。卢梭还提倡青年到复杂的环境中去培养审美力，在那儿能促使人比较各种细微的差别，使审美感觉更加细腻。青年在认识和喜爱各种美的同时，也就培养了对美的兴趣和爱好，充实了生活。

苏联的苏霍姆林斯基（В·А·Сухомлинский，1918—1970）既是一位杰出的美育理论家，又是一位成绩卓著的美育实践家。他指出，统一的完整的教育过程，应当体现智育、体育、德育、劳动教育和美育相互渗透、相互交织。美育对人的个性培养和丰富的精神世界的形成具有重要意义。没有美育，就谈不上完整的教育，就不可能培养全面和谐发展的人。美育对德育、智育、体育都具有促进作用。美育的直接效果是陶冶人的情感。美育能使人的情感趋于丰富、细腻、深沉、淳朴、明朗、美丽。苏霍姆林斯基还特别推崇自然的美在美育中的作用，他甚至把艺术的美育也置于美丽的大自然的怀抱之中。他会让孩子们在阳光明媚的初秋树林中聆听柴可夫斯基的《秋歌》，在桦木林中能沐浴阳光的空地上休息、陶醉。在亲近大自然，体验林中阳光的美后欣赏列维坦的《桦树林》。

梁启超是中国最早引进西方美学并尝试把它与中国传统美学思想结合起来的先行者，也是近代中国美育思想的开启者。他首次在中国提出了“趣味教育”的概念。他认为，趣味是人的文化本能，个体诞生之初，对世界充满新奇，对万事万物抱有无穷的趣味。但随着见识的增长、个体气质类型的分化和知识的学习，其兴趣与趣味取向便产生种种差异。此时，如果仅仅依靠本能，趣味难免趋于削弱或毁坏。他提出，由于“感觉器官敏则趣味增，感觉器官钝则趣味减。诱发机缘多则趣味强，诱发机缘少则趣味弱”，因此，趣味的加强需要刺激，“专从事诱发以刺激各人器官不使钝的有三种利器：一是文学，二是音乐，三是美术。”[1]

梁启超以美术为例描述了“趣味教育”的三条路径：“美术中

1　梁启超：《梁启超全集》第十四卷，北京出版社，1997，第4017页。

最主要的一派，是描写自然之美。常常把我们所曾经赏会或像是曾经赏会的都复现出来。我们过去赏会的影子印在脑中，因时间之经过渐渐淡下去，终必有不能复现之一日，趣味也跟着消灭了。一幅名画在此，看一回便复现一回。这画存在，我的趣味便永远存在。不惟如此，还有许多我们从前不注意赏会不出的，他都写出来指导我们赏会的路。我们多看几次，便懂得赏会方法。往往碰着种种美景，我们也增加许多赏会资料了。这是美术给我们趣味的第一件。”这第一件，即第一条路，指的是通过作品的反复观赏，形成内在的形式感，提高审美能力，培养审美兴趣。“美术中有刻画心态的一派。把人的心理看穿了。喜怒哀乐，都活跃在纸上。本来是日常习见的事，但因他写的惟妙惟肖，便不知不觉间把我们的心弦拨动。我快乐时看他便增加快乐，我苦痛时看他便减少苦痛。这是美术给我们趣味的第二件。”这第二件，即第二条路，指的是作品内涵对人心理情感的不断作用与影响，使人了解人生，培养健康快乐的审美心态。“美术中有写实境实态而纯凭理想构造成的。有时我们想构一境，自觉模糊断续不能构成，被他都替我表现了。而且他所构的境界种种色色有许多，为我们所万想不到。而且他所构的境界优美高尚，能把我们卑下平凡的境界压下去。他有魔力，能引我们跟着他走，闯进他所到之地。我们看到他的作品时，便和他同住一个超越的自由天地。这是美术给我们趣味的第三件。”这第三件，即第三条路，是指作品借助虚构、想象而创造的优美高尚的境界来影响人、指引人，能使人超越平凡，达到一种自由的境地，培养高尚的精神人格。[1]

有了艺术的熏陶与教育之后，无论“人类任操何种卑下职业，任处何种烦劳境界，要之总有机会和自然之美相接触，——所谓水流花放，云卷月明，美景良辰，赏心乐事。只要你在一刹那间领略出来，可以把一天的疲劳忽然恢复；把多少时的烦恼丢在九霄云外”。[2]

可以看出，所谓“趣味教育”，实质上是情感教育或美育。情感教育与理智教育不同，理智教育主要是一种外在的灌输，而情感教育则是内在的感化。情感教育的根本目的是培养人的高尚情操，推动人的全面发展。艺术是情感教育最有力的手段，自然景物也是情感教育的重要工具。

蔡元培明确提出了美育的概念及目的。他说：“人人都有感情，而并非都有伟大而高尚的行为，这由于感情推动力的薄弱。要转弱而为强，转薄而为厚，有待于陶养。陶养的工具，为美的对象；陶养的作用，叫做美育。”[3]又说：“美育者，应用美学之理论于教育，以陶养感情为目的者也。”[4]美育可以使人做到自美感之外一无杂念，从而进入造物为友、无人我之分的境界。

关于美育在整个教育中的地位问题，蔡元培反对把美育作为德育的附庸，主张美育有独立的地位，是与德育、智育、体育并列的。他指出，德育是教育的中心，但德育的实施必须有智育和美育

---

1 梁启超：《饮冰室合集》第5册，中华书局，1989.

2 梁启超：《梁启超全集》第十四卷，北京出版社，1997，第4017页。

3 蔡元培：《蔡元培美学论文选》，北京大学出版社，1983，第220页。

4 同上书，第174页。

的帮助。美育的特殊之处在于它渗透到其他三育之中。无论是德育、智育还是体育，都包含有美育的因素。

蔡元培还反对把审美教育等同于艺术教育、美术教育的观点。他指出，美育比美术教育的范围要广得多，既可用建筑、雕刻、图画、音乐、文学等艺术手段，也要用美术馆、影剧院、园林、公墓、城乡环境布置及个人的言谈举止即一切审美对象来开展美育实践。而且，美育与美术教育的作用也不尽相同。

蔡元培的美育思想中最为突出的是他提出了“以美育代宗教”的学说。蔡元培是主张美育救国的。因为他认为美是“普遍性”的，人具有了“普遍性”的美，就能破人我之见，去利害得失之计较，这对于“自由、平等、博爱”理想的实现至有用处。

可见，美育是培养全面发展的人必不可少的一种教育，感受自然的美是美育的重要途径之一。

三、艺术乡建与人的全面发展

党的二十大报告再次提出：“全面贯彻党的教育方针，落实立德树人根本任务，培养德智体美劳全面发展的社会主义建设者和接班人。”[1]

那么，如何理解人的全面发展呢？马克思关于人的解放的学说

1 习近平：《高举中国特色社会主义伟大旗帜 为全面建设社会主义现代化国家而团结奋斗——在中国共产党第二十次全国代表大会上的报告》，第11页。

就是关于人的全面发展的理论，他在谈到共产主义与人自身的发展过程时指出："共产主义是私有财产即人的自我异化的积极的扬弃，因而是通过人并且为了人而对人的本质的真正占有；因此，它是人向自身、向社会的即合乎人性的人的复归，这种复归是完全的、自觉的和在以往发展的全部财富的范围内生成的。"[1]"积极的扬弃"是指人对人的本质的真正占有，即"人以一种全面的方式，就是说，作为一个总体的人，占有自己的全面的本质。"[2]马克思所说的"总体的人"是指具有人类的整体特征的人，是能够进行自由的有意识的活动的人。他说："一个种的整体特性、种的类特性就在于生命活动的性质"，"而自由的有意识的活动恰恰就是人的类特性。"[3]那么，这样的人的全面的本质是什么？马克思认为是"具有丰富的、全面而深刻的感觉"的人。[4]因此，当人具有全面的需要时，其突出的表现就是"精神的富有"，因为"精神的富有"不是"实际需要的感觉"，而是对"最美丽的景色"、"矿物的美和独特性"、音乐等等的感觉，对对象的形式的关注与感觉，是来自人的审美需要。正是在扬弃了异化劳动，人性得到回归与人的自由本质全面实现的"共产主义"社会，人的生存与美才能统一起来。因此，全面发展是指能"占有自己的全面的本质"的人。

人的本质与本质力量是多样的，大致包括肉体的与精神的，肉

1 马克思、恩格斯：《马克思恩格斯全集》第3卷，人民出版社，2002，第297页。

2 同上书，第303页。

3 同上书，第273页。

4 同上书，第306页。

体的即体力的，而精神则包括了感性与理性。如果说，体育与后来提出的劳育主要是为了提高人的肉体水平，德育与智育则主要是提高人的理性水平，那么，美育主要是为了提高人的感性水平的。

人是感性的存在物，有着感性生命的要求。在人类漫长的进化过程中，人的感性生命在社会实践中不断受到理性的规范，不断积淀着社会文化的内容，也不断地具有人的本质意义。如“食”上升为“美食”，吃得快乐不只是“饱”所引起的快乐，而具有了社会文化的意义的获得所引起的精神愉快。“性”上升为“爱”，爱情超越了两性之间的自然关系，成为一种高尚的人类情感。但是，感性生命的性质是不可能从根本上改变的，人也永远摆脱不了感性生命的要求。正如席勒所说：“即使在最粗野的人身上我们也可以找到理性自由的确凿无误的痕迹，正如在最有教养的人身上也不乏唤起昏暗的自然状态的瞬间。”[1]所以，美育担负着提升人的感性的使命，不断地使人的感性具有人的本质。

更重要的是，人的感知与情感，是人类活动的最深层的动力性根源。马克思指出：“人作为自然存在物，而且作为有生命的自然存在物，一方面具有自然力、生命力，是能动的自然存在物；这些力量作为天赋和才能、作为欲望存在于人身上；另一方面，人作为自然的、肉体的、感性的、对象性的存在物，同动植物一样，是受动的、受制约的和受限制的存在物，就是说，他的欲望

1 席勒：《美育书简》，徐恒醇译，中国文联出版社，19841，第123页。

的对象是作为不依赖于他的对象而存在于他之外的；这些对象是他的需要的对象；是表现和确证他的本质力量所不可缺少的、重要的对象。”因此，马克思又指出，因为人是一种受动的存在物，并且人感到自己是受动的，“所以是一个有激情的存在物。激情、热情是人强烈追求自己的对象的本质力量。”[1]马克思指出的是，表现为自然的欲望与需要的自然生命力，是人与生俱来的本质力量，是人类活动和发展的最终动因。那么，不难理解，在人类活动中发展、展开的感性生命，仍然是人类活动和发展的动因，并且是使人类自我丰富、自我完善的过程中永不枯竭的动力。在人类的生活实践中的确可以发现，人的兴趣和感情是激发人全部潜能与才情的基础。可以说，没有兴趣和感情的人几乎是没有生命的人，对生活和他人没有爱的人更是心理畸形的人。因此，完善的人，应该是感性与理性相统一和谐的人，仅仅具有理性或只具有感性的人都不是完善的人，也不存在这种人。智力水平和道德修养的提高使人趋向于理性的高度发展，但感性的丰富性和生活热情的提高使人趋向于感性的高度发展，二者的结合才能达到人的完善。由此可以看出美育对人的全面发展具有重要的意义。

在艺术乡建的实践中，我们也已经看到艺术乡建与美育的密切关系。云松村的艺术乡建团队组织为孩子们开展了微艺课，村民开了工艺品小店，成为艺术家，开了云上小馆，菜品讲究新颖、摆盘

1 马克思、恩格斯:《马克思恩格斯文集》第1卷，人民出版社，2009，第211页。

与包装……来到这里的人，都会喜欢这里。一则来自云南同行的消息报道了艺术改变乡村团队“先生书院”的活动，这个团队成立于2015年，从云南德宏开始，8年间帮助了6500多个山区学生实现了艺术课，弥补了云南德宏州十多个学校艺术教育的不足。从山东寿光，山西清徐，江苏扬州，云南腾冲、龙陵、大理等，以乡村作为一个基点，挖掘乡村的灵魂，通过永久免费的艺术教育提升，农副产品的艺术化和乡创的互联网化，带动了多个地区的艺术教育发展和乡村产业振兴。一部分村民因为艺术富了起来……

更重要的是，人们纷纷到因艺术乡建而变美的乡村旅游、参观，实际上都是在自愿地接受美育，提高自身的感性水平。因为美育也是一种终身教育。

由此可见，艺术乡建不仅能助推共同富裕，也在为促进人的全面发展作出贡献。

隔岸观“我”：中日艺术乡建的田野考察反思*

张　颖**

人类学自诞生之时起，便以他者的世界和他者的生活为导向——远离自己的社会，在遥远的异乡进行长期深入的田野工作，被认为是这门学科所特有的方法论。在彼时，“他者”（other）曾被体验为“自我”（self）的严酷净化，[1]指涉那些原始的，或部落的，或非西方的，或前文字的，或无历史的人与文化。传统人类学田野工作的目标，就是要通过贴近文化内部的视野与感受，详尽准确地描述他群文化中那些奇怪或不寻常的特征，即让陌生变得熟悉。

但经由人类学后现代转向，“他者”更多地被视为自愿迁移的人类学者与非自愿本地化的被研究者之间的一种环境遭遇。“他者”的每一个版本，无论在哪里发现，其实都是“自我”的建构。

---

* 国家社科基金一般项目“城镇化进程中少数民族传统村落景观同质化风险及对策研究”（17BMZ061）、国家社科基金重大项目“中国艺术人类学的理论与实践研究”（2021ZDA07）阶段性成果。

** 张颖：四川美术学院中国艺术遗产研究中心研究员。

1 Sontag Susan,“The Anthropologist as Hero,”In *Eugene Hayes*, ed.Claude Levi-Strauss: The Anthropologist as Hero (MA: MIT Press，1970),p.185.

而民族志文本的制作，也总是包含着一个“自我塑造”的过程。[1]所以如何“通过对他者的理解，绕道来理解自我”，[2]如何让熟悉变得陌生，因之成为当代人类学研究者在田野工作实践和民族志书写中，不得不回应的质疑及面临的挑战。

有经验的人类学者都承认，虽然深入地参与观察、保持整体视野、具有情境敏感性，以及长期的持续时间和完全的地方沉浸是人类学田野工作所坚持的理想，但研究的每一步选择（看什么现象、提什么问题、从什么视角进入、收集哪些材料、怎么收集、怎么判断材料是否恰当完整、怎么论证），也取决于——为什么我在那里，我与研究对象的关系，我将为谁写他的研究等一系列“我”的因素。从这个意义上看，田野之于人类学的重要，其实是因为彼此“照见”。而当代人类学的张力，也恰恰在于它不是从假想的自我抹除中获得虚假的客观性。正是对研究主观性的承认和主体间性的强调，才将孤立的人类学家和他希望了解的人重新连接了起来。

因此，在本体论转向和伦理转向的学科理论语境下，回溯检视一项人类学研究的田野三部曲（going there-being there-coming back）及民族志书写，不只是将其作为现象学态度下“自我现身”的绝佳路径；更重要的目标是透过高度关注田野考察中参与观察的

1 Clifford, James and George E.,*Marcus, eds. Writing Culture: The Poetics and Politic of Ethnograpby*(Berkeley: University for Calfomnia Press,1986), pp.23-24.

2 Paul Ricouer, “Existence el hermeneutlque,” In *Lc Confit des Interpretaions* (Editions DuSeuil. Paris,1969), p.20. 转引自保罗·拉比诺,《摩洛哥田野作业反思》，商务印书馆，2017，第25页。

动因解析、主位客位的转化协商，帮助研究者调校误解、打开认知，反思并超越已经制作完成的木乃伊化的概念文本，引导自己或研究对象以新的或意想不到的方式来看待日常生活。下文笔者将沿着人类学田野理论中关涉主体性/主观性问题的演化脉络，以自己近年来对中日两国艺术乡建的多点田野考察为例，尝试寻求一种互为主体的“跨文化生存”的人类学分析与阐释策略。

一、“参与”和“观察”：田野并非一次莽撞投机的游历

在人类学研究传统中，“参与观察”（participant observation）几乎成为民族志方法和现代人类学田野工作的同义词。早在19世纪下半叶，美国民族学家库欣就在对印第安祖尼人的研究中开始使用实地调查方法。他用了四年半时间与祖尼人共同生活，不仅熟练掌握当地语言、记录各种风俗，甚至还成功加入祖尼人的弓师协会，经过成人礼后被邀请加入了部族最重要的祭祀仪式。这一知识生产的方式，明显区别于当时的书斋理论家、社会进化论者和寻找异国情调的旅行家。20世纪初，在哈登、里弗斯、布朗、博厄斯等人的努力推动下，尤其在被称为人类学“科学革命”的马林诺夫斯基的特罗布里恩岛研究之后，以实证主义为基础的“参与观察”成为标识调查者专业身份的通过仪式。

马林诺夫斯基将民族志实地调查的方法归纳为：（1）研究者必须具备真正的科学目标，并了解现代民族志的价值和标准；（2）研

究者应该将自己置于好的工作环境当中，其中最重要的是和土著人共同生活，而不是同白人居住在一起；（3）使用特殊的方法来收集、操作和确立他的研究证据。[1]从观点排列的序次看，马氏首先是以“参与观察”来确立人类学家田野行为的理想标准，为人类学这一学科获得科学性权威提供了合法性；[2]其次才是将其作为一种田野数据收集的特殊方法。从操作的具体要求看，研究者既需要以移情的方式，全面深入地参与到被研究者的生活方式当中；又必须保持专业距离，以便客观适度地观察和记录。在这样的二分关系中，“参与”（感同身受）和“观察”（科学客观）常常会顾此失彼、自相矛盾。随着马林诺夫斯基田野日记的曝光，也最终瓦解了他自己对参与观察的理论建构——特罗布里恩岛的田野考察并非移情式的沉浸和互动，而是基于权力和垄断的学术独白。[3]

20世纪中期之后，许多人类学家开始远离单纯以科学为导向的民族志研究，转而采用更人文主义的方法，包括象征性和解释性的观点。他们将文化视为“文本”的主体，研究目标指向“了解嵌入其中的各种意义之网”，强调知识和阐释的建构性，[4]而不是试图检验基于演绎或归纳推理的假设。在后现代批判反思的思想主流中，

1 Malinowski B.,*Argonauts of the West Pacifid.*（London: Routledge & Kegan Paul Ltd,1922）,p.5.

2 马力罗：《民族学与人类学方法论》，知识产权出版社，2018，第61页。

3 Geertz C.,“Under the Mosquito Net,”In *The New York Review of Books*, 9,no.4（eptember 14 1967）:12. Wax, M. L. “Tenting with Malinowski,” In *American Sociological Review* 37(February 1972)：1-13.

4 Geertz C.,*The Interpretation of Culture*（New York: Basic Books,1973）,pp.9-14.

田野不再被视为生产真理的科学实验室，人文研究中的求知被认为既是智慧性的，也是情感性的和道德性的。[1]一旦“参与”和“观察”作为相互组成部分，二者“不可逾越的对立”便得以解除。[2]换言之，参与观察被重新概念化为一种与自然科学有着本质不同的、适应于人类存在特征的特殊方法论：（1）“观察”不等同于客观化，而是作为一种聚焦和学习的过程化方式；（2）“参与”从移情理解的方法论要求转变为一种本体论承诺，即承认和尊重主体权力。

从这一理论视角出发，察辨反思自己近五年间在中日两国的艺术乡建田野工作，参与观察的线索图景即呈现出拉比诺所言的“辩证的螺旋式上升运动”：一方面，“观察”在参与观察中居于指导地位，因为它安排着人类学家的行为——无论一个人在参与的方向上走多远，他依然是一个局外人和观察者。无论“参与”能推动人类学家在“不把他人当他者”的方向走多远，情景最终仍被“观察”和外在性所决定；另一方面，参与又改变着人类学家并指引他走向新的观察，而新观察又改变着他如何参与。[3]

---

1 保罗·拉比诺：《摩洛哥田野作业反思》，高丙中、康敏译，王晓燕校，商务印书馆，2017，第18-19页。

2 Tedlock and Barbara,“From Participant observation to the observation of participation: the emergence of narrative ethnography,” *Joumal of Anthropological Research*,no.1(1991):71.

3 同1，第84-85页。

（一）观察什么

早期的人类学家强调对某种异域文化的整体探索，因此他们并不太关心预先去设立一个相对狭窄的研究主题，研究的重点往往也是在田野考察期间逐渐显现出来的。这样的研究范式，曾经长期框定着民族志的图解描述。今天的人类学却更多关注“面向问题的研究”（Problem-Oriented Research），即在进入田野工作之前就已经选择了特定的问题，而不是只带着关于研究目标的一般想法。

就笔者的案例而言，2017年之所以进入日本当代艺术乡建研究，其时的目的是想打破国内业界与舆论对日本模式毫无反思和批判精神的盲目追从。力图通过人类学实地田野工作收集的第一手材料，探寻“他者世界”内部的互动结构和成品过程的具体历史情境，从而超越感官经验的事物或现象表层，发现蕴藏在日本艺术乡建现象下的观念、价值和意识形态等。[1]明确研究问题，决定了聚焦和学习的方式——首先是田野选点，笔者重点选择了那些在中国享有盛誉的乡村艺术项目，诸如新潟越后妻有大地艺术祭、濑户内国际艺术祭、北海道富良野美瑛农艺景观、青森田舍馆村稻田艺术、冲绳手工艺等；其次是研究路径，笔者着意从日本“乡村”与“艺术”的重要历史转型期的入口处，审视其艺术乡建行动如何凝结“日常的人”和“艺术的人”，并以模型分类方式去辨析日本当

1　张颖：《异质与共生：日本当代艺术乡建诸模式》,《民族艺术》2020年第3期，第20页。

代艺术乡建的社会历史背景、理论渊源、实践路径与价值向度。

（二）如何参与

“观察什么”决定了田野考察中人类学者参与活动的位置。[1]如前所述，我去完成日本艺术乡建的田野考察工作并不是支持一种传统的微观民族志研究，即在一个社区长期蹲点，以形成对这里的深刻理解和深度描绘。所以在整个多点考察的过程中，我几乎没有采用彻底参与的方式，没有试图进入研究对象生活的方方面面；而是以有限参与或积极参与的形式，选择性地专注于与我的研究问题最密切相关的事务或事件。在乡土传统节日、地方协会活动、艺术节庆典、在地艺术项目创作等特殊场景中，参与体察事件流的整体呈现。一方面以时间排序的方法寻找新材料与旧材料的关联，另一方面按主题分类的方式寻找地方性的文化逻辑与行动线索，以此去贴近理解日本人对美/用的认同与认知评价，以及乡土文化艺术资源在景观・产业・生活中的创造性再生产对地方创生的实际效用。

有限参与或积极参与的中短期田野工作形式，能够较为高效地利用海外田野考察的时间和精力，并且在尊重日本社会“人に迷惑をかけない”（不打扰别人，不给人添麻烦）的交往原则的基础

1　Spradley将人类学田野参与分为五种不同类型：1.不参与（Non-Paricipatory）；2.被动参与（Passive Pricipatory）；3.有限参与（Moderate Pricipatory）；4.积极参与（Active Pricipatory）；5.彻底参与（Complete Participatory）。James P.Spradley,*Paricipant Observation*（Florida:Harcourt College Publishers,1980）,pp.58-62. M.s.Green and C.Schwartz, “Problems in Participant Observation,” *American Journal of Sociology*,no.4(1955):343-353.

上，策略性地绕开日本人际交往的隔墙。但与此同时，因为缺乏深入的社会生活沉浸，以访谈形式结合历史文献分析去采集获取的一手田野资料，也大多流于前台印象（人们告诉你他们在做什么）。研究很难真正触碰到那些异域文化当中完全意想不到的、看似分离的事物、事件和实践之间的关键联系。此外，有限参与的方式也会深刻影响后期的民族志写作。由于并没有太多不曾预料的田野细节材料、断裂的情节故事的干扰，这虽然有利于研究者从具有整体逻辑的事件单元中筛选线索，形成理论观照和特定主题，便利地将田野工作材料概念化。但缺乏亲密关系的参与经验，亦不可能支持将研究的人描绘成全面的个体，[1]这必然会影响研究者的发现和见解。

（三）新观察与再参与

显而易见，笔者在日本艺术乡建多点田野考察过程中收集得来的一手资料，是被双重调节的——研究者的主题认知与被研究者的理解反应。当然，这也并不表示跨文化理解是不可能的。重要的是，我们能够说明所得到的数据的不同的认识论前提，这样就不会造成理解的障碍。[2]作为参与观察的阶段性成果，笔者在《异质与共生：日本当代艺术乡建诸模式》一文中指出：日本当代艺术乡建的特型，是以“美的共感”形式，承载“乡”与“农”的生命志

1 Amit Vered,*Constructing the field, In Constructing the Field: Ethnographic fieldwork in the contemporary world*（London & New York:Routledge.2000）,pp.2-3.

2 拉比诺：《摩洛哥田野作业反思》，高丙中、康敏译，王晓燕校，商务印书馆，2017，第114-115页。

向、生活方式的时代追求。这一突出成就，理应归于生活统摄下"美用一体"的本土传统价值观。不是"艺术至上"，无须"艺术对抗"。日本人将自己对世界独特的艺术体验和表述，作为与异域文化、与自然相互依存共生的整体生态系统的一部分。在共生视野下，"艺术"和"乡村"的理想关系，其实是一种相互尊重个性、圣域，并从合作中寻求新的共同性的状态。[1]

对于人类学者而言，参与观察往往只有开始，却没有终结。因为在每一次参与行动之后，又会产生新的观察思考和研究指引。

首先，日本当代艺术乡建的理论与实践并非一个孤立的社会文化现象，当我们将其理解为全球社会秩序宏观构建中的一个嵌入单元时，自然便会想要通过"绕道而观"的知识生产方式，来回视中国艺术乡建的本土问题，探究其价值与意义的自主性。[2]但如若将"中日艺术乡建"作为研究主题，它应该既不是孤立去研究一种文化，也不是简单地通过与母文化（或其他文化）的比较来研究一种文化，而是想办法理解且获取文化艺术在"地方—全球"之间的关系与张力。新的问题聚焦不仅需要运用新的方法论秩序：（与常识的）决裂—（科学对象的）构建—事实检验（验

1 张颖：《异质与共生：日本当代艺术乡建诸模式》,《民族艺术》2020年第3期，第37页。

2 张颖：《中国艺术乡建二十年：本土化问题与方法论困境》,《民族艺术》2021年第5期，第15-25页。

证），[1]参与观察的对象和入口也需要审慎考量。

其次，文化不是静态的。人类学参与观察作为一种方法论工具的重要意义，就是要解释和回应为什么“昨天没有的东西今天在这里”。在前期对日本和中国艺术乡建的田野考察中，我对他者时间性的理解过于依靠现代性客观看待历史时间的方法，而遮蔽了主观体验的时间。[2]这一缺陷使得我对两国艺术乡建的民族志书写最终将社会冻结在历史时间中，既无法全面深入地解释人们“为何”要在不稳定的环境中通过艺术的方式寻求乡村生活的稳定，也无法详细准确地描述当代艺术和传统乡村是“如何”通过遇见与关联，对已经建立的日常生活模式造成种种具体影响。那么接下来田野工作的新任务，就是要通过个案深入参与的方式去解决上述问题。

二、“主位”与“客位”：田野中区分和混合的来回移动

在人类学田野考察和民族志写作当中，主位（emic）客位（etic）指两种资料获取及分析描述的不同观点：emic是从被研究者

1 布迪厄在建构主义结构论和应用理性主义基础上，提出人类学研究须抛弃传统的方法论循环：观察—假设—实验化—理论—再观察，代之以新的认识论秩序：（与常识的）决裂—（科学对象的）构建—事实检验（验证）。转引自杨善华：《当代西方社会学理论》，北京大学出版社，2001，第273页。

2 Appadurai Arjun, “The capacity to aspire-Culture in terms of recognition,” In *Culture and pubic action*,eds.Vijayendra Rao and Michael Walton(Stanford:Stanford University Press. 2004),p.65. 乔纳斯·费边：《时间与他者：人类学如何制作其对象》，马健雄等译，北京师范大学出版社，2018，第46-47页。

社会群体内部的视角，etic是从外部观察者的视角。由于现代人类学的指导哲学是文化相对主义，所以主位/客位的区别被视为该学科对人文社会科学界的基本贡献之一（即理解和解释其他文化的能力）。大多数情况下，人类学者在研究和写作中会同时包含主位/客位的观点。而在这两种观点之间来回移动，是一个艰巨的挑战。因此也有人类学家将自己的工作成就，归功于区分emic和etic的能力。但对主位/客位极端化的认识或概念误读，往往又会将人类学研究拖入泥潭。

"摇椅上的人类学家"曾凭借经典文献结合传教士、探险家搜集到的资料，按照西方的价值判断从局外人的角度去评价土著人的文化行为，形成了人类学早期以进化论、传播论为代表的文化理论。20世纪初，博厄斯学派提出文化相对论，批判古典进化学派和传播学派西方中心论的重大理论缺陷。由于承认不同文化的特殊性、相对性与独创性，博厄斯主张对经验的全部分析都应该以当地人的概念为基础，[1]要求人类学田野调查必须暂时搁置自己的价值、道德和审美判断，深入其所研究的文化、民族思想中。[2]

而"主位"与"客位"作为概念的正式确立，是语言人类学家派克在1954年提出的。他利用"音位学"（phonemic）和"音素学"（phonetic）的后缀创造出"主位"（emic）与"客位"（etic），用来指明分析人类语言和行为的两个互补立场。音位学研究的声音

1 Boas F., "Recent anthropology" *Science* 9,no.98(1943):311-314.

2 博厄斯：《人类学与现代生活》，刘莎等译，华夏出版社，1999，第131页。

属于某种隐含且无意识的语言对比系统，本地语者借由内在于他们头脑中的对比系统，来识别其语言中有意义的发音。音素学是根据发音去研究某种语言的声音，这些语言的发音因由通过人体各部分发挥的不同作用，以及声波对环境产生的独特影响而被分门别类。也就是说，外部的人看语言着重于其结构（物理属性），内部的人（母语）体会到的却是语言本身的意义（社会属性）。派克认为由于主位立场提供了对特定文化的更深入的见解，帮助学者理解社会行为者在其文化整体背景下的态度、动机和利益，[1]所以研究者的主要任务就是要重构引导人类行为的未表达的“主位知识”。而客位概念仅是为实现这一目标提供一块有益的跳板——就像语音分析为解码一种未知语言提供了一个切入点。[2]

在派克之后，人类学者纷纷开始使用这组概念来进行专业表述。与此同时，学科内部围绕主位/客位的论争，也构成了一个富有成果的研究领域，为人类学理论发展提供了重要的见解。首先是哈里斯通过对派克主位/客位概念的批判性重释，确立并推广了自己文化唯物主义的人类学思想观念和方法论基础。他质疑派克将思考、想象和说话视为一种主位行为/主位知识，主张emic/etic这两个术语并不是用来界定特定类型的行为（如心理实践或身体运动），

1 Pike,K. L., “Chapter 1 Language in Relation to a Unified Theory of the Structure of Human Behavior” in *Emic and Etic Standpoints for the Description of Behavior,* Preliminary Edition(Calif:Summer Institute of Linguistics,1954),pp.2-42.

2 Pike,K.L.,*Pike's reply to Harris. In Emics and etics: the insider/outsider debate*,eds T.Headland,K.L. Pike & M.Harris(Newbury Park:Sage,1990)，pp.64-65.

而应指代对被研究对象使用的不同描述模式，二者之间的区别严格依赖于观察者的操作。哈里斯将主位/客位用以区分“文化唯心主义”和“一个致力于折衷的中间理论的文化唯物主义”，认为主位陈述大多涉及逻辑经验体系，而客位陈述则有赖于进行科学研究的观察者群对可观察的区别做出适当与否的判断。[1]

其次是以格尔兹为代表的解释人类学派，对长期占据田野考察主流方法的主位视角进行了反思。他认为人类学家的观点不可能完全等同于被研究者生活实际，于是提出了“近经验”（运用文化持有者的语言与理念去描述当地文化世界）与“远经验”（运用人类学家的概念或学术语言去描述异文化）并置的民族志新理论。[2]在人类学进入实验民族志阶段后，因为每一种文化事实，都被认为是可以被人类学家或其持有者赋予多种解释的，[3]所以在主位和客位设想之间一度清晰的界限被不断消解重构，“区分”与“混合”反复出现在研究者与他者缠绕互动的关系性当中。这也是我在中日两国艺术乡建的多点田野工作中，面临的最为艰巨的挑战和亟待解决的问题。

1　Marvin Harris,*The Rise of Anthropological Theory*(New York: Thomas Y.Cromwell Crowell.1968),pp.568-575. Marvin Harris, “Harris reply to Pike,” In *Emics and etics: the insider/outsider debate,*eds.T.Headland,K.L.Pike & Marvin Harris(Newbury Park:Sage,1990),p.78. Marvin Harris, “Emics and etics revisited,” In *Emics and etics: the insider/outsider debate*,eds.T.Headland,K.L.Pike & Marvin Harris（Newbury Park:Sage,1990),pp.53-54.

2　Clifford Geertz,*Local Knowledgc-Further Essays in Iterpretive Anthropology*,(New York:Basic Books Press, 1983),p.58.

3　拉比诺：《摩洛哥田野作业反思》，第114页。

（一）主位/客位作为引导区分

当代人类学者在开始新的田野考察时，常常会处于这样一种位置之上——他们运用跨文化的认知或他们自己从特殊研究假设中得来的术语，去关注被研究地区的信息并发起问题。在这种情况下，田野工作不必坐等用完全的主位过程来提取被研究者的经验范畴。为了达到检测理论和假设的目的，对客位的引导操作多数采用访谈的方式询问被研究者的想法和感觉，这对重大行为或文化范畴的某些定义也被认为是有用的。

譬如，我最初在日本开展艺术与乡村的关系研究时，就借用了“艺术乡建”[1]这样一个中国本土的当代艺术概念。尽管从一开始，我便保持着主位/客位区分的警惕：“艺术乡建”在日语中没有对应特指的专用名词，文中“艺术乡建”泛指艺术参与乡村（包括市町过疏地域）建设的相关活动与事项。“艺术乡建”既包括以艺术家为主体的乡村建设，也包括住民或多主体以艺术形式进行的乡村建设，以及乡村建设对艺术本体的导向或回馈行动。[2]但这一概念所承载的中国社会历史特型——百年乡村建设运动的启蒙命题和振兴要求，[3]使我在日本田野考察的很长一段时间，都是以“艺术重

1 “艺术乡建”作为特指名词，最早见于渠岩：《艺术乡建：许村家园重塑记》,《新美术》2014年第11期，第76-87页。

2 张颖：《异质与共生：日本当代艺术乡建诸模式》,《民族艺术》2020年第3期，第20页。

3 张颖：《中国艺术乡建二十年：本土化问题与方法论困境》,《民族艺术》2021年第5期，第16-22页。

建/振兴乡村”作为日本和中国可对比的反应和引导操作的关键问题，去寻求相似性、差异性及重要性这一系列观察者的策略标准。“艺术+乡村建设”作为一种客位引导结构，在田野访谈中被我不断地灌输给信息提供者，期望得到互动回应。然而无论是文献分析还是田野考察的一手资料，都在证明着“艺术+乡村建设”的关系建构显然缺乏主位意义上的适恰性。因为传统产业衰退、高龄少子化、交流机能减弱、生活方式个别化等困境，其实是当下日本城乡社会共同面临的危机。再加之国家采取动态城乡划定管理，日本社会的城市和乡村并没有硬性的边界划分，所以在国家确立文化立国战略和地方分权改革背景下，[1]如何通过艺术活动创造地域共生社会（“艺术+地方再生”）成为日本当代艺术的热门话题和行动指导。而这一类型的艺术活动，基本上也都是以“地方アート”或“地域アート”（地方艺术/地域艺术）命名。

（二）主位/客位的对话混合

一方面，“艺术+乡村建设”的客位引导，是作为外部观察者的我以自己认为有意义的方式对他者行为做出的假设。我们当然可以将这一假设视为方法论的折中，因为在田野考察中我并没有希望在一开始就能获得绝对意义上的主位视角可操作的纯度。另一方面，“艺术+乡村建设”的客位引导在田野交流过程中，也曾多次引起

1 张颖：《当代日本乡村振兴战略的文化归因论——兼议我国民族地区乡村振兴的问题与可能》,《民族学刊》2022年第1期，第33页。

被研究者对本土艺术与城乡关系的主位反思。就如莱维–斯特劳斯所指出的“并没有绝对的局内局外之区分”，当田野调查者进入某一异域文化地区，必然会对该地的社会文化产生一定影响，即“观察者对观察对象的介入问题”。[1]虽然不同的意义之网分割了我们，但通过田野参与行动，研究者与被研究者的意义之网便会相互缠绕在一起。重点是，如果我们意识到差别，如果我们能对“用自己的认知体系来解释他人的行为”保持足够的警惕，并在意识到差别之后对本土传统赋予我们的象征系统保持扬弃的忠诚，对话就将成为可能。[2]

反过来，“艺术+地方再生”的日本内部视角同样也能作为客位引导，成为观察中国本土艺术与乡土社会关系的一面镜子，帮助主位分析更加清晰地呈现出系统结构，并在系统中产生出关于对比与恰当的本土判断。[3]将“艺术+地方再生”的客位引导作为一种新的、动态的尺度引进主位研究之中，无疑能帮助达成对自己文化“陌生化”的观察眼光，使研究者和被研究者克服文化因果论的成见，重新考量本土艺术与乡村的新的时代话题。当然，接下来的问题是，主位的事件与关系究竟在什么程度上可以被跨文化地认知、表述甚至复现。如果缺乏田野考察的深度经验测试，宣称“一切皆不同”

1　莱维-斯特劳斯：《民族学者的责任》，王恩庆译，《民族译丛》1979年第4期，第35-39页。

2　拉比诺：《摩洛哥田野作业反思》，第153页。

3　马文·哈里斯：《主位与客位辨异的评说与意义》，马光亭译，《民间文化论坛》2006年第4期，第80-90页。

与宣称“一切皆相同”的判断都将是无效的。此外，主位/客位的对话混合还为人类学者提供了一种表述逻辑，用以将民族志读者的注意力引向重要问题（如分析视角或研究立场），而不是陷入对那些毫无关联的田野碎片的描绘。当我们把这些主位资料与客位构思合并在一个综合性的调查计划里，那么民族志的结果表述显然就是主位和客位的全面混合物。

结语：致力于“跨文化生存”的田野之道

不管我们是否准备好，一个“跨文化生存”（transcultural beings）的时代已然来临。不同文化的碰撞不断在改造和重塑着习惯性的感知方式，产生出与单一文化生存不同的生存方式和表现方式。[1]这些相互遭遇的场景有可能发生在相遇双方（多方）任何一方的领土上，也有可能发生在另外的现实和虚拟的空间中。它们虽然显现为自然或人为的有形/无形屏障，可以划分出不同的地域来源、各自的风俗礼仪、语言差别的“你”和“我”。但在互动的场域当中，也会经历表述/再现的各类转化，从而形成时空延展的巨大能力。

所以当代人类学通过田野考察去达成知识生产的目标，不只是要提供关于他者的“地方性知识”的研究报告，也不只是对西方中

1 D.Tomas,*Transcultural Space and Transcultural Beings*（Boulder Colorado:Westview Press，1996）,pp.97-99.

心主义发起多元主义的挑战，更需要去关注和回应“来自不同文化的人如何相处”的时代命题。隔岸观“我”，是为了理解同在与共生的其他人的观点，抛开自己对“正常”的固见，培养一种谦虚的、崭新的看世界的方式，从而了解我们自己。将之落实于中日艺术乡建的下一步研究计划当中，首先是需要通过深度参与的田野考察获得更多复调性的一手资料，让各个层面的多种观点、争论、紧张关系都参与进来，接近和呈现更加丰富的跨文化生存的社会事实；其次也需要继续以反身性逻辑让自己高度警惕研究的不平等动力，以及这些动力可能对结果产生的影响。

玛格丽特·米德说：“我们仍然没有办法成为一名人类学家，除非把他送到田野实地去——这种与生命物质的接触是人类学的区分标志。”[1]人类学的田野之道，就在于打开我们自我中心意识的桎梏，通过发现他人埋解世界的方式，去扩大可用于管理我们生活的价值观及愿景的范围，正视“跨文化生存”带来的机遇和张力。

1 Margared Mead, “Anthropology among the Sciences,” *American Anthropologist New Serie,no.3* (1961):475-482.

第二部分

实践案例

小浦镇方一村：艺术点亮古韵山岕

湖州市长兴县小浦镇

方一村位于长兴县小浦镇八都岕“十里古银杏长廊”的核心区域，村内古树林立、山川灵秀。近年来，在长兴县文联等有关部门的大力支持下，大力实施“艺术乡建”行动，着力发挥文艺的独特魅力，唤醒古银杏资源，扮靓山岕、激活产业、点亮生活，努力开展由山水到艺术、由风景到经济的实践和探索，走出了一条艺术助力共同富裕的新路子。

一、摄影艺术带动风景出圈

方一村所在的八都岕分布着3万多株野生银杏树，其中百年以上的古银杏树3500余株，千年以上的古银杏树4株，构成了罕见的生态奇观。然而，8年前，八都岕还是一个并不知名的“穷山沟”，每年哪怕是最美的秋季，来观赏银杏的人也不多。

“原、野、奇”的银杏风景为摄影家所向往。2015年，在县文联的积极争取下，省、市、县三级摄影家协会在方一村设立了摄影创作基地。自此，小浦镇连续8年，每年在方一村举办摄影采风、摄影展赛、摄影交流等活动，其中全国性摄影展就举办了3次。

随着众多以银杏文化、岕里文化为主题的优秀摄影作品的发表，每年慕名前来采风的摄影家超1万余人。摄影艺术的介入，使原本藏在深山中的3万余株银杏树，渐渐为世人所知，十里银杏长廊的美誉逐步扩展至长三角甚至全国。例如，长兴县摄影家协会主席许要武拍摄的《银杏树下》、长兴县摄影家协会理事曹文汉拍摄的《山村秋韵》等众多美照，点燃了广大游客前来方一村观赏银杏树的热情，大大提高了八都岕对外知名度。近几年虽受疫情影响，但年游客人数仍超100余万人次。

为了进一步发挥摄影的作用，2022年，市、县文联又选派了市摄影家协会主席支江担任“文艺村长”，在他的推动下，省、市摄影家协会主办的第四期浙江省“南太湖”影像工作坊项目落户方一村；2022年“艺江南”长三角摄影艺术周在方一村设立分会场，中国文联副主席、中国摄协主席李舸亲临现场考察指导。“摄影之乡”成为方一村显著的文化标识。

二、主题民宿造就网红打卡

随着方一村的美照出圈，前来游玩的游客以及慕名前来采风创作的摄影家逐渐增多，原本在县城做生意的当地村民房小平看到了其中的商机，准备回村办一家特色民宿。房小平看到当时来村里的摄影家很多，自己也比较喜欢摄影，因此他决定办一家摄影主题民宿——“云栖舍”。民宿的布置上处处体现摄影元素，并在二楼开辟了一间会议室，购置了投影仪等设备，专门供前来摄影的爱好者交流研讨，还免费为摄影人提供茶水等服务。如今，他的民宿已经被县文联命名为“摄协驿站”，成为摄影爱好者休憩、交流的场所。

他积极利用相机并通过“摄影驿站”结识的摄影家朋友，宣传自己的民宿以及他自己开发的乌梅菜系，大力发展民宿经济，荣获文化和旅游部颁发的国家等级民宿殊荣。即使在疫情之下，他的民宿依然络绎不绝，成为了岕里的网红打卡地。

在“云栖舍”的带动下，方一村涌现了众多文化特色主题民宿，如体现书画艺术的璞墅山奢、服饰文化的左尚云、兰花文化的望雅千怡等，如今都是岕里的网红民宿。与此同时，在房小平的带动下，方一村成立了银杏叶摄影社，房小平担任摄影社社长，岕里的民宿业主以及摄影爱好者80多人加入了摄影社，他们用相机把家乡美景、民宿美食拍下来宣传出去，有效地扩大了方一村的知名度、美誉度。

三、美丽风景转化美丽经济

摄影艺术的介入，为方一村带来了人流，如何进一步把人留住、把美丽风景转化为美丽经济，摆在了方一村的面前。

一方面，随着大量摄影艺术家的到来，他们用镜头对准了这个小山岕的角角落落，促使方一村在环境面貌上主动求变。在镇政府的支持下，村里邀请了中国美术学院进行整体设计，开展“微改造、精提升”工程，逐步实施美丽庭院、拆围透绿、杆线序化等工作，并突出地域特色，打造了古银杏公园、晚风小醉广场、八都岕老街、巷往咖啡等艺术景点，积极用艺术的手段“精雕细琢”美丽乡村，努力丰富美丽风景的内涵。

另一方面，方一村充分发挥岕里的两位文化能人——县诗词学会副主席马卫平、县戏曲协会副主席张秋平的作用，开展古银杏文化、戏曲文化、非遗文化等文化元素的解码转化，积极推动文旅融合发展。先后打造了现代京戏《山里人·岕里情》、“沉浸式”岕里婚庆情景剧等文艺精品，举办古银杏文化旅游节、长三角乡村歌手大赛、戏曲演唱大赛等文艺活动，开发“银杏长寿面”“银杏叶玫瑰花”“银杏面膜”“乌梅宴”等特色文创产品，为方一村美丽经济的发展提供了强大的文化支撑。

艺术乡建的开展，激活了方一村的乡村价值，改变了方一村的乡村形态，唤醒了方一村的乡村活力。如今的方一村，已经实现了小山岕变大花园，老技艺变潮文化，银杏树变“摇钱树”，薄弱村变富裕村的美丽出圈。

永嘉县上日川村：用艺术点亮乡村

周建朋

半村烟火，半村丹青。

楠溪江畔，箬溪村。

诗意的，不仅是名字，还有山村之美。

一条箬溪穿村而过，静静地淌过农田、村舍……

归乡的画家周建朋，发现了这里的美。

携着故园情思，他将艺术元素植入山村民居。

慢慢地，艺术爱好者慕名而来。

艺术之光，点亮了这个小山村的共富之路。

实施乡村振兴战略，是党的十九大作出的重大决策部署，建设社会主义新农村的一项重要内容是振兴乡村文化，这既是乡村振兴的题中应有之义，也是文化振兴的题中应有之义。“半村烟火半村画”的“箬溪艺术村”，是浙江省永嘉县通过一条与工商资本下乡不同的乡村振兴新路径，开展的“艺术+乡村”实践，是带有创新理念的文化建设举措。箬溪村的探索经验，或许对化解乡村振兴中普遍存在的资源、资本瓶颈问题，助推乡村文化高质量发展，提供一定的参考价值。

一、箬溪村“艺术乡建”的创新举措

2016年，清华美术学院博士、北大艺术学院博士后、青年画家周建朋回到家乡永嘉县鹤盛镇，尝试开展“艺术乡建”实践。在建设“箬溪精舍”和“楠溪书院”的基础上，他凝聚多方力量共同打造“箬溪艺术村”，探索出艺术乡建的有效路径。

（一）以艺术普及推广为核心内容，营造低成本的“自然美学空间”

箬溪（行政村名为上日川村）原本与温州大多数乡村一样，资源平平，资本有限。“艺术乡建”的关键是对乡村建筑的艺术化提升，放大其审美与生态元素的结合，以低投入取得“化腐朽为神奇”的效果。农民家的菜地被改造成艺术家菜园，废弃的小学被改造成美术陈列展览馆，闲置农房被改造成艺术家工作室、艺术酒吧、画廊等一个个“美学微空间”，使之自然地与乡村建筑相融合。与此同时，箬溪村的改造也不局限于打造纯粹的艺术空间，而是兼顾生产生活、商业空间的融合性需要，在功能分区上进行科学规划。以箬溪为界，溪南属艺术区，艺术空间林立，艺术家群体入驻，有高雅艺术创作和艺术品销售；溪北生活气息浓郁，充满市井烟火气，可以满足游客吃、住、游、购、娱需求，番薯枣、柿子等特色农产品在特殊环境中由经营户销售，为当地村民提供了创业就业的机会。箬溪村的空间改造遵循自然原则，追求个性化，不做大拆大建，既保留了乡村的原汁原味，又体现出精致和创新，走的是一条去同质化的道路。

（二）以乡贤为核心，凝聚“高黏度”的乡村振兴社会资本

箬溪村改造之初，也面临着几个人在干、村干部在彷徨、村民集体观望的现象。缺乏信任感和集体意识是影响当前乡村振兴和推进共同富裕的无形障碍。在周建朋的影响和推动下，箬溪村成立了由20多名艺术家、企业家、退休干部组成的乡贤参事会，齐心协力共建“艺术村”。乡贤参事会成员各显其能，分别带动组建了8支队伍：负责全村卫生的“半边天志愿团”，制作手工扇子的“银发文创团”，退休干部组成的“困难顾问团”“乡村合唱团”……艺术家们为箬溪村的美化和建设出谋划策，企业家乡贤纷纷出资出力，村民们在这种热烈氛围中被带动起来了，已有20多户宅院改造成休闲民宿。箬溪村的传统社会资本被重新激活，一个新的“乡村共同体”逐渐形成。几年下来，社会资本、艺术资产和工商资本在这里形成了良性互动。

（三）以高端艺术活动为平台，助力小乡村与国际艺术圈接轨

周建朋团队充分利用“中国山水诗的发祥地”“楠溪江国家级

重点风景名胜区”“中国景观村落群”等金字招牌的影响力，在箬溪村举办“永嘉论道——象思维与中国山水画研讨会”“当巴黎遇上温州——中法艺术家温州写生与展览”“当伦敦遇上温州——中英艺术家温州写生与展览”等高端艺术活动，一大批国内外艺术大师和文化媒体汇聚箬溪村。这些活动既是“高大上”，又能“土到家”，高端论坛结合田野调查、展览开在乡野村巷，烟火气与时代潮流合一，形式创新深受业界好评。此外，艺术家们在小村的古树下、庭院里、农田中，支起画架写生，留下了一大批关于箬溪村的艺术创作，这是无法估价的宝贵财富。原本名不见经传的箬溪村，没有大投资大建设也能与国际接轨，近年来频频登上各大国际艺术媒介。

（四）几年来的各项艺术活动，使村民由完全的隔膜和无知变成了艺术活动的热心人和爱好者，审美知识的普及也提升了村民的素质

房舍建筑的改造和美化（如新壁画）使乡村的外观得到了改善，醒目且具有个性化特色。各种艺术活动和艺术民居吸引大批美术爱好者和游客，促进了当地经济的发展。原本的自然生态注入新的人文内容之后展现出蓬勃的生机。

二、箬溪村“艺术乡建”的启示

迄今为止，“箬溪艺术村”仅仅投入不到1000万元，但艺术介入给乡村带来了巨大的变化，是乡村文化的一次质变。箬溪村“艺术乡建”经验证明，在工商资本下乡模式之外，乡村振兴和共同富裕还可以另辟蹊径，要赋予乡村发展更多的可能性，政府应加以重视并进一步提升、推广。

（一）充分发挥艺术家乡贤在乡村振兴中的积极作用

企业家投资家乡、回报家乡，已成为乡贤助力乡村振兴的主要模式，但资本下乡面临着普遍性困境，例如，同质化建设、群众难以直接受益、项目推进缓慢等问题。而箬溪村则是艺术家乡贤主导的乡村振兴，既富了“脑袋”，又富了“口袋”。艺术家通过艺术浸润提升乡村文明，村庄变得美丽、整洁、富有艺术气息，同时村民观念、文化素质也在变化。艺术家又以超前理念和独特设计提升乡村核心竞争力，形成了乡村的个性化发展。因此，政府应重视艺术家乡贤的专业力量，引导那些有理念、有情怀、有实力的艺术家参与振兴乡村。一是要建立艺术家乡贤资源库，积极对接在外地的书画、设计、创意人才，加快“艺术乡建”人才资源整合；二是要设立艺术家乡贤组织，提供条件让更多的艺术家乡贤开展交流，为家乡的乡村建设出谋划策；三是政府要通过以项目建设方式引导艺术家与资本对接，重点支持高品质旅游和乡村美育实践，让艺术创造激发出更大的社会价值。

（二）应积极推广低成本高品质的乡村微改造精提升模式

当前，不少乡村改造将农房一拆了之，让农民上楼变市民，投入大、成本高，建筑风格“千村一面”，原有特色的乡风文明荡然无存，村民还时常“不买账”。箬溪村采取了微改造精提升模式：一方面，不搞大拆大建和涂脂抹粉，注重软性资本的精准注入，强化文化意境和整体氛围的精致化打造，营造乡村“美学微空间”；另一方面，鼓励以艺术家为主导的空间改造模式，在不破坏自然和生态的基础上，充分赋予艺术家空间创意的自主性，对艺术家工作室入驻乡村给予相应的政策扶持和奖励补贴。

（三）应大力引导美丽乡村在国际文化交流中“走出去”

原本籍籍无名的箬溪村声名远播海外，艺术成了小村庄连接外部世界的“敲门砖”。因此，要借助艺术家的独特思维方式，以艺术的形式将乡村之美传播到海外，这也是建设“东亚文化之都”的题中之义。

金华婺城区岩头村：诗画岩头　创客之家

金华市婺城区文联

金华市婺城区岩头村位于仙源湖省级旅游度假区内，村域面积2150亩，共有农户150户，408人。一弯梅溪穿村而过，山水风光得天独厚，是浙江省AAA级景区村庄。村庄历史悠久，文化底蕴深厚，是著名婺剧《僧尼会》故事的发源地。对外交通便利，金安大道贴境而过，距离金华市政府9千米，既可偏安一隅，又可咫尺繁华，有极佳的区位优势。

近年来，岩头村围绕艺术乡建，通过优化环境，举办文人雅集、国学礼仪、研学游学等活动构筑文艺生活空间，引进文艺创客入驻联合打造文创产业园区，带动村民共同参与培育文旅共富经济，探索形成文艺、文创、文旅“三文”共创共享的路径，创客创业与村民创富、传统文化与时尚消费共融共赢的乡村发展新形态。

以文为媒，勾画乡村诗意空间

——文艺雅集，催生“诗画岩头”落地成景

在岩头村，清澈的梅溪环村而过，水车徐徐轮转着不老的岁月，农家庭院里鲜艳的茶花探出矮墙，布局精细的生态洗衣房悄然讲述着田园乡村的烟火日常……一座座婺派仿古民居，一处处亭台楼阁与雨打芭蕉的嘈嘈切切、小院庭前的花开叶落，引人落入岁月静好的心流，怀想起千年以前流淌在这青山碧水、粉墙黛瓦间的诗情岁月。

岩头村自古有灵岩十景：松甑煮月、丹牛卧波、天池浴女、廊桥遗梦、灵岩晚钟、古渡重春、垄上醉秋、梅溪归棹、石街照影、僧尼问俗，历代文人骚客题咏甚多。村中灵岩禅寺始建唐朝，现存古碑及遗迹，其曾有的恢宏在村民间口口相传。

基于岩头村优越的自然山水与人文资源，婺城区于2018年率先提出“诗画岩头”乡创品牌。当年暑假，婺城区即在岩头村举办为期一周的港澳台学子游学体验活动，掀起社会关注热潮，并以此为契机，打开了人们了解岩头村风雅田园、重温农耕乡愁的窗口。

2018年11月，婺城“对话乡愁”诗歌系列活动启幕，首个“诗歌礼堂”在岩头村挂牌揭幕，国内著名诗人与本土诗人欢聚新诗创作沙龙。金华五中、金华市环城小学、金华市新杰思幼儿园与岩头村文化礼堂结对，在此建立诗歌创作实践基地。

以灵岩书院为主体建筑的墨香文化礼堂，不断提档升级，建成了艺术展陈室、阅读吧、灵岩讲堂、视频直播室、茶吧、古风摄影长廊等文化空间。文化内容的丰富及文化雅事的普及使岩头渐成人们向往的“风景”。

很快，远近高中小学的孩子和文人雅士慕名而来，忍不住作诗填词，歌咏山水岩头的楚楚动人，其中亦不乏脍炙人口的佳作。自然山水与人文景观相融合，岩头村俨然成了文人雅集的好去处。“诗画岩头”品牌的知名度与美誉度也随之不断提高。

引凤入巢，激荡一池创业春水

——创客入驻，打造婺风乡村文创产业园

梧桐已成荫，只待凤来栖。2018年底，岩头村率先引进禾居文化创意有限公司，统筹运营“诗画岩头”艺术乡建品牌，着手洽谈并遴选文艺创客通过入驻产业园形式，加盟“诗画岩头”艺术乡建，生活在岩头，创作在岩头。

与此同时，岩头村与禾居文化创意有限公司协定，村两委负责相关民居的腾空出租协调工作，文创产业园向村集体缴纳房屋租金、管理费，村集体另享受干股分红，但不参与园区运营。很快，8栋共700多平方米的民居被改造成文创空间，岩头村也成为文艺创客放飞梦想的地方。

自2019年起，“禾居”文创产业园先后引进传统扎染及布艺非

遗传承人温国香的婺州染坊、古琴演奏及制作技艺传承人严纪飞的希桐琴箫馆、手机摄影创客王剑波的摄影工作室、视频制作能手景国洪的半塘文化等20余名文艺创客入驻园区，开始了与“诗画岩头”品牌共融共创的文创平台孵化工程。

温国香的婺州染坊是一个开放式的工作空间。温国香携一众非遗传承人以草、木、花、果、根等植物为主要材料，经过不同温度、方式进行提取，获取草木花叶的清香与色泽，直染织物纤维，千衣千色，让往来游客惊叹不已。染坊还提供了从染料提取、扎染、裁剪、缝纫到刺绣全套工艺体验。如此系统化、立体化的传统文化与时尚彼此交织，互相碰撞，擦出了新古典艺术的火花。游客参观体验之余，总会在染坊里挑选喜欢的大件小件带回家去。大到旗袍、汉服、茶席、背包等，小到书皮、香囊、手帕等，售价从数十元到数百元不等。染坊还通过线上直播，兼顾零售及酒店订单销售，线上线下年销售额约300万元。这样的“展演+体验+文创”模式孵化文艺创客项目，为“诗画岩头”品牌注入了丰富的内涵。

除了文艺创客工作室，产业园还引进了灵岩书院礼仪文化体验项目。承载传统国学礼仪“十岁成长礼”，由专业国学老师主讲经典典籍、主持礼仪，让孩子们亲近国学。项目实行团队预约制，单场10岁成长礼项目可同时接待100人。同时，还承接开笔礼、毕业礼和成人礼等传统礼仪活动。这为文艺家个人工作室的前期蓄客及后续高净值的培训经济转化提供了链接和平台，加速推进了文创产业集聚效应。

2021年，婺城区成立文艺创客联合会，发展60多家会员单位，其中10余家入驻岩头。婺城区文艺创客联合会办公室就设在“禾居”文创产业园。产业园开辟线上直播平台，宣传并销售文艺创客个人品牌及文创产品，将联合会抱团发展成为线上集聚。2022年，“禾居”文创产业园实现销售额2000万元。

百鸟朝凤，共筑花团锦绣

——全域化旅游，探路乡村共富新模式

伴随“诗画岩头”品牌形象不断深入人心，岩头村的风雅四季也迎来了可观又稳定的客流，周末及节假日到岩头游玩的游客络绎不绝。2022年，岩头村共接待游客10万多人次，实现村集体创收100多万元。接下来，伴随入驻文艺创客的增加，项目融合的深入，今年禾居文化创意有限公司将追加租赁10余栋民居用于产业园运营。

在岩头，游客可实现“点单式”体验文创及非遗项目，如活字印刷、古法造纸、丝网印刷、布贴画、剪纸、插花、茶艺、棕编、面塑、糖画、打麻糍、做桂花糕等。“婺州扎染”“古风摄影”“音乐雅集”“十岁成长礼”“婺曲小戏”等已成为岩头村文旅活动品牌。在这里，游客可以在廊桥远眺听雨，在希桐馆弹琴赏箫，在婺州染坊染布裁衣、在禾居焚香点茶，在花艺馆插花、在灵岩书院写书法画画……可以沉浸式体验琴棋书画诗酒花茶的雅致生活。

与此同时，以农家乐、文创产品销售和农特产品销售为代表的文旅配套经济也在岩头风生水起。村民赵献春开办的“梅溪小院”农家乐生意越来越红火，从最初的一日几桌到如今的70多桌，日营业额突破万元大关。岩头是一个人口仅有400余人的小村，就有5家类似“梅溪小院”的农家乐。红火生意带动了本村及周边村菜农种菜，果农种果，渔夫撒网捕鱼虾，直供农家乐，携手创造了舌尖经济。同时还带动了农民居房租金增长。

岩头村通过艺术乡建，提高了乡村文化品位，也促进了村集体增收和农民增收。经过摸索总结，初步探索出“政府政策引导→村集体、村民积极参与→文艺创客联合会牵头运作→文艺创客有效入驻→市场化操作运营”的“艺术乡建”婺城岩头共富新模式。

衢州柯城区余东村：从“种文化”到“众幸福”

衢州市柯城区沟溪乡

近年来，沟溪乡始终牢记习近平总书记“艺术元素应用到城乡建设规划中”的谆谆嘱托，自觉“扛起”全国民间文化艺术之乡的“金锄头”，聚焦衢州打造文化文明桥头堡的美好蓝图。通过“以画兴业”建设余东未来乡村，探索共富之路，入选省农委乡村振兴十佳创新实践案例，获评国家乡村振兴局“一县一品”特色文化村称号。两年来登上中国中央电视台27次，被省委主要领导多次批示肯定。多位省委领导肯定余东说：“挖掘农民画以文兴业，对山区县跨越式发展具有借鉴意义。”“余东村让我大吃一惊，非常好，从业态的丰富度、农民画的标识度、老百姓参与的比例，几个方面都走在全省的前列，是我看过最丰富的一个村了。”

一、“一幅画卷”的艺术提炼提升

衢州市柯城区沟溪乡是一个农业型小乡镇，但同时也是一个文化资源丰富的“大乡镇”。剪纸、陶瓷等多姿多彩，尤其是余东农民画更是远近闻名。20世纪60年代，村里只有6位村民参加文化下乡培训学画画，坚持不懈半个多世纪，“白天拿锄头，晚上拿笔头”，父亲带儿子，师父带徒弟，到现在800多人的村庄里有300多人会画画。为繁荣发展余东农民画，余东村创建了农民画协会，出台了奖励政策，培养出4名中国美协、中国民协会员，10名浙江省美协会员，画家经常走上全国、全省领奖台。2022年，全国农民画大赛近150幅获奖作品中，仅余东村就占了12幅。村里还建起了中国乡村美术馆，中国文促会农民画专业委员会也落户在余东了，农民当上了首家全国农民画协会常务副会长。浙江师范大学等10余所高校也在此写生，建设创作基地，开展校地交流。余东村俨然成为“第一”农民画村，入选首批浙江省美育示范村、省“艺术乡建”示范村。黄坤明同志题词“种文化”，陈敏尔同志题词“墨妙书香、春华秋实”，夏宝龙同志批示“余东农民画越画越好”。一花独放不是春。沟溪乡还由点及面，成立了陶瓷、书法、真好吃等20多个文艺协会，开展小吃、手工、文艺等培训，十多位村民戴上“厨师帽”，百余位村民被聘为“土专家”，成为首批省公共文化国际交流基地。

二、“一个村庄”的艺术营造营运

乡村是艺术的有机载体，余东村通过“微改造、精提升”，推动余东农民画元素融入乡村建设。把脏乱庭院打造成“一米菜园”，还有“十里画廊”、一江春水、美丽田园，著名评论员舒中胜说“余东画村胜过欧洲乡村”，中国画院院长卢禹舜题词“钱塘诗路、余东画村”，余东村获评全国美丽宜居示范村、全国乡村旅游重点村、省级AAA级景区村。余东村还通过激活创意引擎，以“艺术+”思维，推动艺术与乡村一、二、三产业的有机融合。村民联手、村企联合发展露营基地、鹿野湾等一批研学、旅游、休闲项目，两年来吸引游客近60万人次，村民收入增速连续3年位于全市前列。如家庭主妇肖美仙带着10多位农村妇女卖“妈妈饼”，营业额超过100万元，人均年增收约2万元。余东村还“招商招引”，吸引“南孔文创”“余东秀”等一批文创业态入驻，打造画坊、瓷坊等共富工坊，开发丝巾、背包等农民画文创，卖得十分火爆。通过卖画、卖版权，农民画家余建军说一年也能挣个10多万元。余东村还将精美农民画做成包装，赋能茶叶、大米、面条等产品销售，入选“浙礼好物”，助力传统农业向品牌农业转型升级，实现乡村文化创造性转化和创新性发展，入选省宣传文化领域共同富裕最佳案例，获评省创建级文旅融合IP。

三、“一份礼单”的艺术惠民利民

余东村坚持以文育人、以文润心，助力百姓精神富足。数字赋能建起儿童之家、居家养老服务中心、智慧健康驿站，城区幼儿园、小学在线推送“文化大礼包”，孩子画画、老人看戏，各得其所。省委主要领导调研时，老人们激动地说：“希望子孙后代能和我一样幸福。”余东村还积极推行“浙风十礼”，深化“崇贤有礼、开放自信、创新争优”的衢州人文精神，建设有礼乡村。通过组建村歌村舞文化队伍，把村民从床上拉起来，让村民从家里走出来，带领群众在文化礼堂、联心广场等场所，唱起来、跳起来，促进邻里交流，氛围和谐和睦。获评省特色文化礼堂，成为省农村文化礼堂赋能共同富裕引领计划首批项目。村民“以画绘廉”“以瓷喻廉”，清廉乡村蔚然成风，获省、市清廉建设成绩突出单位。现在“写诗、绘画、唱歌、跳舞”成了乡村新生活，“作揖、微笑、鼓掌、点赞”成了乡村新风尚。2022年8月11日，创文国检复评小组来乡检查时点赞说：“我们要把你们的经验做法带回中央文明办推广。”

接下来，余东村将深入学习贯彻党的二十大报告“繁荣和发展文化事业和文化产业”“激发全民族文化创新创造活力”的重要精神，通过艺术乡建，加快把余东农民画人文资源转化为经济发展优势和群众幸福指数，实现共富。

宁海县葛家村：艺术里，满是诗和远方

宁波市宁海县大佳何镇

秋日，当清晨第一缕霞光慵懒地抚摸着山乡万物。山上，“乡村客厅”的主人布满青苔的石桌上早已泛起阵阵茶香恭候着八方来客。门前，晨露洇湿的村野草路，皱纹被笑容撑开的葛二叔正提着他的艺术“雕刻刀”——锛凿斧锯，赶着去村委会，接受“美育艺术家”的称号。远处，桂语18号的葛老板，正端着香气扑鼻的洋糕，热情地分发给小河边，秋千上，花丛里三三两两赶来看日出，嗅桂香的游客。这里，便是葛家村，宁波市唯一省级美育示范村。虫鸣鸟叫，云卷云舒，草长莺飞，花开花谢。这里的美，不可方物。这里的人，把葛家村谱写成了幸福的诗和人们梦中的远方。

发现美，满眼皆是美。

3年前，“打造文化浙江，艺术赋能乡村”的理念被提出。葛家村与丛志强教授团队“联姻”，开展“艺术家驻村”行动。从此，你会看到每一个暮色前夕，葛家村小到10多岁的顽童、大到80余岁的村民和丛教授团队一起，用溪下石、山上木、家中布点缀着自家庭院，以人为本、以艺为媒、以花为题在弄堂小筑，在山间溪旁装扮着自己的村庄。于是3年后，村民们亲手打造的“乡村客厅”“时光场域”“仙绒美术馆”等40多个艺术共享空间，错落有致地遍布在葛家村。通过3年实践培育了142名乡建艺术家，从“无特点、无优势、无潜力”蝶变成了全国闻名的网红村，其做法入选浙江乡村振兴十大模式，写入省市共同富裕行动方案，被《人民日报》、中央电视台、新华社、《环球时报》等主流媒体宣传报道400余次。这不仅让村民们发现了艺术的美，政策的美，家乡的美，更让他们发现了自己身上原本就拥有着勤劳这一最美的人性光辉！而这光，仍旧不断地照进现实。

开拓美，美到心缝里。

不必四海为家，也可以梦为马！这是多少游子漂泊在外的心之所向。而这样的愿景，已如夏花，在葛家村绽放。这样的梦，缘起村宝创业季！今年5月葛家村聚焦村集体增收和村民致富双向发力，推出“村宝”创业季。尝试“1+4+X”陪伴式创业，“1”即一个党支部，“4”即每个家庭捆绑一名联户党员、一位设计师、一位青年创业导师、一位运营师；“X”则是根据创业特定需求，灵活引入助力导师。开发“艺起富”乡村数字运营平台，打通线下与线上、集体与村民的增收渠道，为村强民富注入了源头活水。50天的创业季，其答案是幸福的。3类创业模式精心准备，实践成功。4道流水线完美筹划，建设成功。25户村宝以家为店，创业成功。50余种产品精挑细选，上架成功。成功带来的财富，吟唱出美丽的幸福诗，幸福在田间地头，幸福到村民的心缝里。这样的幸福诗，值得传颂。

分享美，让美跨越山河。

执子之手，与子偕老，往后余生，相濡以沫。这样的浪漫不仅仅发生在恋人间，更发生在葛家村和它帮扶的××个村庄间。20年，葛家村依托成功经验，将“艺术振兴乡村”模式“嫁接”到贵州定汪村。通过，艺术牵线“激活力”，就地改造“展新貌”，产业帮扶“富口袋”的三步走策略，带动当地村民建成了“德艺院”“织梦坊”“黄葛树”等艺术空间；又建成兼具生活功能和文化特色的“艺术景观”20余处。此举不仅使定汪村面貌焕然一新，村民收入提高显著，更证明了“艺术扶贫”的可行性。葛家村沿着这条路，至今已带动四川普格县、贵州晴隆县等4省6地，入选全国“携手奔小康”行动案例。葛家村，让美，跨越山河。

这就是葛家村的故事。榜样的力量是强大的。贯彻乡村振兴战略，深入推进文旅融合。在党和政府的大力支持下，千千万万个葛家村正在吴越大地，星火燎原，个中有你有我。

杭州富阳区东梓关村：梧桐生矣，于彼朝阳

柴惠琴

提及东梓关，总会有一些词汇高频率地出现，比如富春江，比如郁达夫和许家大院，比如张绍富和骨伤科，还有近些年颇为引人注目的网红“杭派民居”。富春江畔的东梓关，山水可养心。

近年来，艺术乡建作为乡村振兴的一种重要路径，越来越受到人们的关注。艺术助力乡村建设的生动实践正在广袤大地蓬勃展开，赋予了乡村发展更多的可能性。

一、设计，让乡村更美好

千年古村东梓关，地理位置优越，历史渊源悠久，文化底蕴深厚，是杭州境内颇有名气的古埠名镇，上接桐庐建德，下承富阳钱塘。

东梓关的“东梓”，据南宋潜说友的《咸淳·临安志》载，“东梓浦，在县西南五十一里，东入浙江，旧名青草浦。宋将军孙瑶葬于此，坟上梓木枝皆东靡，故以名”。这个说法在东梓关《许

氏家谱》里也被多次引用。“关”则来自巡检司这一职位。南宋周淙《乾道·临安志》载：“东梓巡检司寨在富阳县界，额管土军一百二十人。”另据清光绪三十二年（1906）《富阳县志》记载“明洪武十九年于东梓关设立巡检司，领逻卒为戍，因名东梓关。”

村名的来历除了史书记载之外，还有一些野史传说，流布于乡野，也自有精彩之处。

村里现存清末民国初的建筑很多，大多数是村里望族许氏“许十房”所有，百十年过去，这些散落在村中的旧宅，被时光打磨后，一个个故事沉淀下来，历久弥新。

如果文化是一个村庄的底气和底色，那么，2015年4月15日动工兴建，2016年8月交付，2017年春节前夕就有村民入住的东梓关杭派民居，就是底气之上新农村理想家园的典范，底色之上妙笔绘就的吴冠中画中景象。

在这片山水之间，描摹理想的家园的人是设计师孟凡浩。2017年春节前，他在微博上晒出了一组图，内容是东梓关杭派民居的建筑组图。这随意发布的一条微博，在短时间内引发了网民的热议，东梓关“网红”由此而始，央视春晚剧组也因此特意赶到东梓关拍了一组片花。

2017年5月，具有建筑界“奥斯卡”之称的Architizer 2017 A+Awards 颁奖典礼在美国纽约举行，来自中国的gad团队，凭借设计作品“东梓关杭派民居”，一举夺得Jury Winner（最佳评审大奖）。

在孟凡浩的理念中，中国的乡村需要守护和反哺。在辽阔土地上的广大乡村，被城市远远甩在身后，为乡村做点什么，是他作为一位设计师的社会责任。

杭派民居落成后几年，“第四批中国传统村落”“浙江省小城镇综合整治省级样板村”“富春江江鲜大会永久举办地”“浙江省AAA级旅游景区”“第二批浙江省‘千年古村落’地名文化遗产”……每一个称号都是一个标签，向世界展示了这个古老村庄的不同面貌。

2022年的东梓关，也是备受媒体关注的一年，各级媒体带着各自的选题纷至沓来，他们走进东梓关，从各自的角度深入，富春江、杭派民居、江鲜美食，不同的视角，带给公众不一样的东梓关。

在这个过程中，文化是这个村庄的底色，环境的改变赋予了她新的面貌，设计让她更为美好，而艺术使她更为迷人。

二、艺术，提升乡村生活美学

艺术乡建充分激发乡村潜在的艺术因子，使之实现价值最大化，进而全面增强乡村的活力。现有的文化传统、文艺资源、景观特色等，都能为艺术乡建提供好的切入点与依托。

乡村东梓关，在这里，一座文化礼堂、一个游客中心、一座戏台、一间书屋、一家民宿都是艺术活动的舞台，在这里，文化讲

座、研学、交流、演出，是村民们常见的艺术形态。而在更为广阔的视野下，村庄里的人，包括村民以及游客，都用自己的方式进行了他们的艺术活动，并融入乡村的发展之中。

新年，东梓关已经完成10个标杆场景打造，正在积极洽谈文旅公司，秀美的山水之间，一种饱含乡村美学的新生活方式，正在生成中。

2023年2月底，孙江云杭派民居内租住的房子开始装修，孙江云一早就来现场忙碌。他是在东梓关成为“网红”后慕名而来的，2019年6月，他的南山琴庐在东梓关村长塘边开业。这也可以说是东梓关文创产业萌生的一个意象，村里人，异乡人，因为一个村庄的蜕变，重新解读，重新进入。

“孙江云，陕西延安人，青年斫琴师，在富春江畔东梓关村斫琴……其所斫古琴，音色清雅干净，温润细腻。器型方圆有度，线条流畅，细节考究。漆艺精致，尤其哑光素髹漆艺，漆黑如墨，素雅沉稳，受到多位古琴家的好评。”

这段文字，放在西泠网拍·一月（2022年）月拍孙江云的拍品“千年银杏木制朱漆仲尼式古琴”的介绍里。这张千年银杏木纯阳琴，2019年冬月始制，历时两年方成，大漆鹿角霜灰胎，朱砂面漆，朱磦漆色，音色清净温润。2022年1月15日，以8万元落槌。

孙江云说，他来东梓关以后，学琴、斫琴，以琴会友，也在村里开办古琴公益课，有兴趣的爱好者都可以来。他也说，几年待下来，他和村庄渐渐熟悉，互相接纳。他已经把自己作为一个东梓关

人，他的微信视频号发布东梓关的风景，东梓关的各种活动，吸引朋友们过来，也把东梓关推介出去。

在他的琴庐里，有一张画，画的是富春江和江中的桐洲岛，作者金雪伟，富阳本地的一位山水画家。2019年10月，金雪伟在杭派民居的民宿水涧山开业，民宿也是金老师的工作室，用来以画会友。朋友来了一起畅谈笔墨，也描绘东梓关的山山水水，新民居与古建筑。

“我是奔着东梓关江边的风景来的，这里就像是黄公望《富春山居图》中的一段，我在这里创作，也经营民宿，在东梓关，我住着舒心。”在东梓关也有几年的金雪伟也交了不少村里的朋友，他们来喝茶聊天，有时也做一场“以画会友”的艺术交流活动。

东梓关的“富春江江鲜大会”自2018年起，已经举办数届，首届富春江江鲜大会于以“江鲜第一锅”揭开序幕，选出江鲜美味“富春十二鲜”。这一届大会吸引游客超37万人次，“百鲜宴”几乎餐餐满座，全村9家民宿80多张床位天天爆满，收入达1000多万元。到2022年，江鲜大会已经成为一个固定的庆典，到时间了，人们就从各地赶来吃江鲜，看节目。

借助东梓关旅游及江鲜大会，杭派民居和东梓关沿江一带，这几年新开出不少民宿和江鲜馆。他们服务着不同的客户群，虽然总体来说体量都不大，但是，对于东梓关这个小村庄，总是一个比较好的开始。这些自2017年开起来的民宿、餐馆、茶室，甚至道路两侧的小摊，都在寻求走得更远更好的发展模式，而东梓关村积淀的

文化是他们一直汲取的创意源泉。

东梓关，一条江，一屏青山，山水之间，古老的村落和它固有的文化给新乡村的构建夯实了基底，而现代设计，又强化了乡村的美，传统与现代相逢，各自吸收了对方最美好的一部分。

理想的乡村、振兴的乡村，奔向共同富裕的乡村，在现代版富春山居图的画卷上，那些从各处走来，留在村里的人，都在用心绘制属于他们的风景。

海盐县六里村：诗画朱家门　宋韵六里堰

嘉兴市海盐县文联

海盐地处杭嘉湖平原，素有“鱼米之乡、丝绸之府”的美誉。县域总面积1072.63平方千米，其中陆地面积595.57平方千米，辖5镇4街道，常住人口46.6万。拥有6000余年的文明史和2200多年的建县史，被联合国地名专家组认定为“千年古县”。

近年来，海盐县在省市文联的关心指导下，以艺术乡建为抓手，引入文艺名家，统筹丰富多彩的艺术资源，致力于打造综合艺术村落样本，以文艺之光涵养乡村的文化气质，让老百姓不仅“富口袋”，更是“富脑袋”。截至目前打造艺术乡建培育村10个，选派“文艺村长”25名。

以澉浦镇六里村为例。六里村位于澉浦镇南端，与南北湖风景区仅一山之隔，因堰而成、因堰而盛的六里村拥有深厚的文化底蕴，获得了中国传统村落、浙江省历史文化保护重点村、浙江省AAA级景区村庄、浙江省首批“艺术乡建”示范村、嘉兴市首批优秀艺术村落等一系列荣誉。2022年10月10日，由市委宣传部、市农业农村局、市文联主办的“乡村悦心——艺术村落培育行动现场会”走进六里朱家门。

一、名家入驻，艺术村落“雅起来”

六里村朱家门现存有多幢传统徽派与苏派建筑风格相结合的老宅，其中还有3处为海盐县级文物保护单位，粉墙黛瓦，庭院深深，引得各个领域的文化艺术家纷纷落户朱家门。2014年，中国独立思想学者金纲来到了六里村朱家门，潜心研究宋韵文化，在朱家门完成了《大宋帝国三百年》丛书第二、三部及《赵匡胤时间》创作发行，并开辟了宋韵文化系列讲座8讲。在金纲老师带领下，六里朱家门宋韵文化研究品牌日益彰显。金纲的入驻，让朱家门的文化氛围愈发浓厚。近年来相继有11家文化工作室入驻，其中包括中国作家协会会员、诗人白地的“白地三影”，中国美协会员、著名画家冯鸣的“堰上水彩画院”等，朱家门逐渐成为人文隐逸桃源、古堰文化名村及文化文创艺术高地。2022年6月，朱家门文化聚落正式揭牌成立，朱家门在六里村艺术村落建设中的核心文化地标作用愈发明显。此外，六里村乡贤、浙江当代油画院院长周瑞文先生在朱家门河畔打造蕴含浓浓乡愁的油画墙。白地发布新书《六里河》，六里村热心老同志和县作协合力挖掘朱家门文化底蕴创作文集《走进朱家门》，都赋予了美丽乡村浓厚的艺术氛围。目前进驻朱家门的文化名人已达10多人，“江南古村落诗画朱家门”形象日益丰满。

二、文化唱戏，艺术村落“活起来”

召开艺术乡建现场会、座谈会、开展现场调研指导，为六里村综合艺术村落建设指明方向。冯鸣、姜枫、吴松良等5位文艺村长群策群力，发挥自身特长，为六里综合艺术村落建设出谋划策。六里村文艺之家挂牌，为文艺家和文艺爱好者提供了优越的活动场所。文化艺术家的入驻丰富了村民的文化生活，激活了文化阵地的使用，打造了共同富裕的精神家园。“永不消逝的村落”——海盐县美协乡村记忆创作活动走进了朱家门，围绕乡村振兴取得的成就进行采风创作；“共同富裕 海盐影像”摄影工作坊走进朱家门；端午民俗活动来到朱家门，在文化长廊里送香囊、点雄黄……入驻朱家门的文化艺术家形成了“堰上共事”的工作机制，免费为村民和周边的百姓提供培训。在白地的花园里，时常会开展各类读书分享、诗歌培训；在艺术村长冯鸣的创作室，“堰上春秋”公益培训暨系列创作活动如火如荼；在金纲的江湖居，登门交流的访客络绎不绝，宋韵文化线上公益讲座为人称道……艺术，为古老的村庄注入了新的生命力。文艺交流日益频繁，省作协、嘉兴学院、嘉善县、秀洲区等文艺家及文艺爱好者纷纷组队前来调研交流。除此之外，六里村还涌现了旗袍队、舞蹈队、腰鼓队、戏曲之家民乐表演队等10余支文艺队伍，村民自发加入文艺队伍中，跟着文化艺术家学写作、学画画、学唱戏，真正实现了从“送”文化、“种”文化到“兴”文化的转变。

三、产业赋能，艺术村落“富起来”

“自带流量”的艺术家成为了艺术村落的“名片”，文化艺术家的入驻提升了村落的知名度，在旅游业发展上有了区别于其他古镇村落的差异化优势。目前，除了11家文化工作室外，还有餐饮、民宿、特产、书店等10家业态进驻朱家门，为古村落带来烟火气的同时，也为当地百姓拓宽了就业渠道，更进一步实现了六里村集体经济的增收。黄鳝汤、老范的壹点心意、河畔茶色等业态店主，本身就是六里村人，艺术村落的建设和发展，为他们创造了新的发展机遇。此外，通过手绘、雕刻、拼贴、编织等方式开发文创产品，形成“木香”“书香”两大文创系列，并与艺术村落内艺术家的作品相互融合，衍生出独特的文创产品，如融合了冯鸣的水彩画与白地的诗歌的书签、印制了金纲的书法的茶杯等。文艺赋能，让古村落充满勃勃生机。

慈溪市倡隆村：培育文化业态 赋能乡村美育

宁波慈溪市匡堰镇

匡堰镇倡隆村位于镇域南部，区域面积6.58平方千米，总人口4005人。村内生态环境优美、人文底蕴深厚，拥有“青瓷”“杨梅”两大文化IP。先后获得浙江省金AAA级景区村庄培育名单，省未来乡村试点村庄、省引领型农村社区、宁波市乡村旅游共同富裕示范村、宁波市艺术赋能村等各类荣誉称号。

近年来，该村坚持以“艺术乡建”思维和方式赓续乡村文脉，充分激活乡村资源，发展培育文化业态，持续放大文艺的引领力、传播力、服务力，描绘了乡村共富共美的新图景。

一、解码“艺术”基因，激活艺术乡建发展动力

勾勒空间形态。大力传承历史文脉，活化利用青瓷文化积淀，做好艺术振兴乡村的谋篇布局，因地制宜深挖自然资源、人文特色，摸清“艺术”家底。邀请中国美院、乡伴文旅公司一走编制美丽城镇创建规划、南山片区乡村旅游规划等建设框架，以规划引领

理清发展思路，结合各村历史文脉、艺术特色和文化气质，清晰“一村一品”的发展方向，唤醒沉睡的乡村之美。

彰显文化特质。匡堰镇作为越窑青瓷文化发源地和主产地之一，海上丝绸之路始发地之一，现有全国重点文物保护窑址2个、国家级非物质文化遗产传承基地1个、省级文物保护单位5个。该村深入挖掘地域历史文化，在艺术乡村建设中，以打造青瓷艺术感官突出的美丽乡村为抓手，串联上林瓷苑、倡隆村青瓷文化礼堂、楝树下艺术村落、龙窑餐厅、网红民宿、上林湖青瓷传承园、青瓷博物馆、上林湖国家遗址公园等点位，打造独具青瓷文化特质的旅游线路。

塑造美学风貌。探索美学视角下建房、建村、建景有机统一，创新实施“易富农”数字化改革项目，提供农房图籍和工匠等服务，引导村民建房和乡村规划设计中融入更多美学艺术元素，以老砖、旧瓦、青石为主要材料，镶嵌青瓷碎片，楼房白墙青瓦，彰显浙派乡村特色，打造诗画江南、田园牧歌的秀美图景。试点实施农房全生命周期综合管理服务应用，入选全省住房城乡建设系统数字化应用场景第一批试点，荣获省改革突破奖提名奖。

二、赋能“特色”产业，注入艺术乡建发展活力

打造文化产业空间。探索乡村艺术空间发展新业态新模式，打造楝树下艺术村落，通过整合流转现有闲置农房，以减免租金的形

式引入乡村会客厅、忆山文旅、体验农园、暴风动漫、梦想厨房等民俗体验和文创业态。楝树下9号民宿和网红龙窑餐厅融入青瓷文化元素，以“艺术空间”的塑造丰富文化内涵。该区块作为典型案例亮相中央电视台《新闻联播》，省政协主席黄莉新，省委副书记黄建发，省委常委、宁波市委书记彭佳学等领导调研肯定,2022年，接待省市各级领导200余批次。着眼传承和发扬青瓷文化，打造上林湖青瓷文化传承园、上林瓷苑等一批融合创意研发、生产实践、交流培训、收藏展示、资源交易、信息共享的综合性文化平台，提升青瓷文化品牌影响力和资源附加值。

激活艺术创意引擎。依托现有文旅资源，举办2020年、2022年慈溪杨梅节开幕式、2021年宁波市农民丰收节、2021年上林湖越窑杯秘色国际研讨大会等多场活动，提升文旅知名度和美誉度；聘请了米其林大厨，研发杨梅秘色宴，上林荷香宴等“文化菜”，指导沿山线农家乐提档升级，被中央媒体广泛报道；创新研发文创产品，开设“上林集市”，打造文创市集；“越窑青瓷”系列口红，荣获2022年中国化妆品行业最佳新品奖。乡村文旅产业发展质量和服务水平全面提升，该村入选省首批金AAA级景区村庄培育名单。

培育艺术产业人才。注重培养一批“艺术乡建”带头人，借助多样化的艺术元素和手法对乡村文化生态进行改善、提升。引进孙迈华等国家级青瓷制作工艺大师，现有中国陶瓷艺术大师1名，省工艺美术大师2名，省造型艺术青年人才培养“新峰计划”1人，宁波市工艺美术大师4名，新招引培育青瓷工匠人才10名，引进青瓷大师工作室2家。组建青瓷瓯乐艺术团，常态化开展公益展演、专业指导等文艺活动。推进青瓷文化创造性转化和创新性发展，打造“一校一品”项目，在学校专设青瓷体验馆，被评为宁波市创新实验室，在小学专设茶艺课程，培养的学生在浙江省茶艺邀请赛、宁波市茶艺大赛等比赛中展演。

三、构筑“共建”格局，凝聚艺术乡建发展合力

片区共建。在艺术振兴乡村建设的过程中，深化拓展党建引领片区组团模式，倡隆村与邻近的乾炳村、岗墩村联合组建南部片区，共同出资成立忆山文旅公司，汇聚青瓷、杨梅、戚家军后裔文化等特色IP，发展壮大村级集体经济；贯通推动原本山上山下意愿不一的溪坑治理、古道修复等项目，以片区一体化引领“艺术乡建”融合发展，形成了片区共建共享的精神意志。

村级共建。村级定期举办乡村邻里节，“忆山走读”亲子阅读活动，慈溪市“市民幸福体验日”幸福歌活动，实现“送文化”到“种文化”的转变。依托镇老励工作室“上林讲团”“乡贤宣讲团”等精神文明宣传品牌，推进精神文明资源下沉，扩大文艺惠民覆盖面，促进乡风更加文明和谐。按照市级要求积极推进“文艺村长”制度，组织邀请省市文联、高等院校等文艺家开展写农村、拍农村、画农村等采风创作活动。

全民共建。艺术乡建的最终落脚点是人，发挥的是村民的主动

性、创造力和参与度。在楝树下艺术村落的建设过程中，我们积极探索“共建共享”的发展模式，引导、带动周边村民由旁观者转化为参与者、支持者，一方面，有效盘活闲置宅基地，如通过镇村干部协同乡贤与农户“解疑虑、谈前景”，促使当地农户自觉参与“艺术乡建”，出资打造了集烧烤、茶饮、观光为一体的“小院式”休闲吧。另一方面，着力提升村民审美韵味、文化品位，对村民农房立面改造给予资金补助，激发村民主动参与农房改造设计、施工、管理，全面提亮艺术乡村颜值。

下一步，倡隆村将继续探索“艺术乡建”新路径、新模式，着眼长远、发挥优势、聚焦聚力，进一步激活乡村资源，赋能乡村产业，美化乡村环境，着力推动艺术乡建由“盆景”变“风景”，为全国艺术振兴乡村提供示范案例。

安吉县上墅村：乐在“浙”里 山谷唱响“音乐+”

湖州市安吉县文联

一曲曲民谣娓娓道来，动人音符流过听者心田；百年古树下，观众或站或坐，一边听着歌一边喝着咖啡，神情悠然……这样和谐惬意的场景在安吉上墅乡大麓书院里屡见不鲜。自2022年3月安吉全面启动艺术乡村联盟创建工作以来，安吉的15个乡镇（街道）都已找准了自己的“艺术定位”。上墅乡的定位是“音乐原乡”，而大麓书院就是上墅“音乐原乡”创建的重要阵地。

位于安吉南部的上墅村，七山二水一分田，是“导师帮带制”工作发源地，20世纪90年代以竹木加工为支柱产业，家庭手工作坊兴旺，有着家家点火户户冒烟的兴旺景象。

近年来，随着市场转型升级和环保要求日益增高，该村曾经的小企业逐渐凋零，村民以外出打工、种植白茶为主要收入来源，村集体经济有下滑趋势。

转折发生在2016年，以“大麓书院”为代表的新兴业态进入上墅村，开启了以音乐带动产业的新路子。

两名年轻人站在废弃的上墅乡卫生所院子里，仰望着院内的百年香樟树，一幅美好的创业蓝图在胸中勾画。经过1年时间的准备，由老卫生所改造而成的大麓书院正式投入运营。大麓书院创始人戴勋是返乡创业的青年，本身喜爱音乐，因此经常开展一些小型音乐交流活动。2019年，戴勋流转了周边200多亩山林田地搞起“蜗牛音乐节”，短短4个月内举办音乐会40余场次，吸引大量年轻人来到小乡村。

“从去年开始，书院每周都会举办各类文化艺术沙龙活动，在这期间成功留住了20多位来自全国各地的有志青年，在这里发展。”据戴勋介绍，书院已举办100多场各类文化艺术沙龙活动，吸引近5000人次参加。

今年安吉还将拥有一场阵容豪华的万人音乐盛会，“6月，我们策划举办安吉大麓青年音乐节，痛仰、赵雷、逃跑计划等十多支知名乐队将现场演出”。戴勋介绍，该音乐节已经在各大平台宣发售票，预计能在端午假期为安吉引流上万游客。

据悉，依托大麓书院这个平台，上墅乡实施“音乐家驻留计划”，除免费为音乐人提供创作空间，还持续深化与艺术高校的合作交流，吸引音乐人才。“作为回报，我们商议，每支签约的乐队需保证一年有2个月时间在山谷创作，其次还通过当地上墅乡的协调，义务为当地小学做一些音乐培训等。”戴勋说。

同时，大麓山谷音乐集镇项目启动建设，根据规划，这里将建成一个以音乐为主题的未来乡村部落，通过农户入股入社的利益联结机制惠及本地村民，带动更多村民实现家门口就业。

“音乐是乡创平台，让村庄更开放；是文旅舞台，让休闲更有趣；是共富工坊，让生活更幸福。”上墅乡党委委员石定一表示，接下来，乡里将持续做好“音乐+”文章，通过打造“音乐+文旅+社交+孵化”的音乐主题发展模式，形成全域旅游的音乐特色产业IP，不断拓宽群众增收渠道，赋能乡村振兴。

江山市大陈村：
村歌是大陈村庄共富的金钥匙

衢州江山市大陈乡大陈村

江山市大陈乡大陈村，系浙江省历史文化名村和第一批列入中国传统村落名录的古村落。位于江山市区北10千米的丘陵山冈上，沿山呈长条形块状散列。48省道穿境而过，皖、浙、赣边界衢徽古道、衢信古道交织于此。近年来，大陈村深入挖掘特色乡村文化内涵，提升乡风文明和乡村文化品位，建设生态宜居、乡风文明、生活环境整洁优美、生态系统稳定健康、人与自然和谐共生的美丽乡村，创新探索大陈产业发展，打造文化旅游产业高地，助力乡村全面振兴。先后获评“中国历史文化名村”“中国十大古村落”“中国十大最美村庄”“中国村歌发祥地”“全国村歌示范基地”“全国宣传思想文化工作示范点”“全国文明村”“国家AAAA景区”“省美丽乡村特色精品村”“全国乡村休闲旅游重点村”“国家森林乡村”“浙江省中小学思政课教师实践教育基地”等荣誉。

一、村歌是村庄的故事

村歌最初的灵感来自汪氏族谱之中。汪氏祖先一直传承着尊儒重教、兴校办学的礼乐家风，围绕千年的“大陈面”还发生过一个母慈子孝的感人故事。以此故事为背景，诞生了《大陈一个充满书香的地方》《妈妈的那碗大陈面》两首村歌。这两首承载着大陈风土人情和民间故事的村歌深受村民喜爱，大家纷纷走出家门学唱村歌，“赛村歌”更是成为村民生活中的一部分，唤醒了村民浓浓的艺术热情；这两首充满乡土气息、具有鲜明乡愁元素的大陈村歌，一路唱进了人民大会堂，走进了北京、上海、新疆等地，被制作成MV作为国礼，赠给参加G20杭州峰会的外国元首与嘉宾。

二、村歌是村民的精神

村歌是唤醒村民对村庄的归属感及建设热情的最质朴的表达方式，能不断凝聚老百姓的心，时刻表达老百姓的情。在大陈村，有人开会迟到，不是被批评，而是罚唱歌一曲；谁家里办喜事，村书记就带头唱歌祝福……在情深意切的歌声中，微雨润物地将中国传统孝道文化唱进村民心里；在声声陶醉的歌唱中，续写着书香气、翰墨林、慈母心、孝子情等现代版传奇故事。大陈村民找到了久违的自我归属感、集体荣誉感和社会责任感，民心渐聚，民风日正。

2021年，大陈村作为浙江省唯一案例入选第二批全国村级“文明乡风建设”典型案例向社会推介。

三、村歌是乡村的风景

在悠扬的歌声中，大陈村开启了村庄建设新时代。制定村庄整治和古村落保护规划，全面保护和修缮汪氏徽宗古村落。如今的大陈村，商号店铺坊宅合一，轩馆楼堂、书院戏台错落有致；建筑灰瓦白墙，花窗雕板，屋脊如龙，墙头似马；里巷村道，青石铺砌，曲径通幽。现已公布的省级文物保护单位2处，市级文物保护单位19处，文物点59处，古建筑核心保护范围2.57公顷，建筑控制范围27.03公顷。依靠村歌带动，群众文化艺术活动方兴未艾。成功申报非物质文化遗产30多项，其中大陈老佛节被确定为省非遗项目，后更名为麻糍文化节，自2005年始至今已圆满完成13届。举办大陈特色“春晚”，大陈农民艺术团参加省“我们的村晚”大汇演，荣登央视《新闻联播》。此外，还有“七夕”汉婚大典和灯谜竞猜、“国庆”百名村民唱红歌、“中式婚礼—花轿迎亲”等具有节日特点的活动，共同铸就了一个特色文化兴盛、中国传统节日氛围浓郁的大陈古村风景区，游客络绎不绝。

四、村歌是共富的钥匙

作为村歌发祥地，大陈村贯彻村歌治村的理念，立足实际，将村歌转化为产业，以产业推动治理，推动村庄从唱村歌的1.0版本上升到演村戏的2.0版本。以本土村民为主体，持续打磨浙西首部红色村歌主题实景剧《你好江山》和沉浸式村歌剧《大陈见面》，反响热烈。实景剧的火爆带动了主打中华孝爱文化的夜间经济繁荣，以“妈妈的味道”为主题的“大陈小市”美食一条街人气爆棚，沿途十余家特色小吃作坊座无虚席，民宿的入住率达30%，其中生意最好的店铺日收入可达8000元。积极打好红色元素牌，打造红军大陈战斗研学游基地，连接红军北上抗日先遣队纪念馆、老兵之家、红军路，形成一个覆盖大陈、乌龙、夏家的红色主题研学圈，设计推出 0.5 天至 1.5 天的研学游、疗休养等线路，在“旅游+体育”“旅游+文化”“旅游+戏曲”“旅游+康养”“旅游+研学”等方面进一步开发潜力，实现古村游、田园游、红色游的融合发展，推动村歌文化向产业经济转变。近三年，大陈村年均累计接待游客达25万人次，实现年均村级旅游收入近100万元，年均带动周边旅游产业创收1000多万元。此外，依托各色艺术基地、文化礼堂、乡村振兴大讲堂等定期开展艺术培训，组建由130余名村民组成的民间坐唱队、腰鼓队、威风锣鼓队、排舞队、合唱队、摄影队等8支艺术团队，不断地提升大陈村歌文化发展的内生动力。

附　录

艺术乡建类型分类一

（分类角度：参与乡建的各种主体来源）

序	类型	特点	典型
1	文联主导型	通过资源导入等方式，各级文联主动介入乡村发展，在乡村发展规划、地方品牌打造、活动项目支持、文艺人才培养及文艺惠民等方面发挥主导性或重要性作用。	长兴县方一村
2	名家带动型	通过邀请文艺名家（包括文艺乡贤等）驻村、聘任文艺村长等方式，发挥文艺名家的示范引领作用和名人效应，帮助乡村挖掘文化资源，参与在地艺术场景的营造，助力文旅融合发展。	永嘉县上日川村
3	创客加持型	引导和帮助广大文艺工作者和爱好者扎根乡村，通过艺术与乡村一二三产业的有效对接，服务乡村建设。	金华婺城区岩头村
4	村民内驱型	艺术融入村民的日常生活，村民通过参与艺术创作和生产，丰富自身精神生活的同时，带动整个乡村的发展。	衢州柯城区余东村
5	社会助力型	发挥高校、文艺两新以及其他各类社会组织等力量积极投身参与艺术乡建工作。	宁海县葛家村

艺术乡建类型分类二

（角度：基于效果）

序	类型	特点	典 型
1	环境美化型	着眼于乡村环境的改变，把美术、创意设计等艺术元素应用到乡村规划建设和在地艺术空间营造上，建设诗情画意、各美其美的美丽乡村。	杭州富阳区东梓关村
2	空间激活型	着眼于乡村闲置资源的改造和利用，借助艺术之力加以活化。通过引入文化名家、文艺创客以及各类乡村文化项目，激活原有空间，培育文化业态。	海盐县六里村
3	文脉赓续型	继承中华优秀传统文化，挖掘激活转换蕴藏于乡村的文化资源，寻找记忆中的乡愁，营造特色鲜明的“一村一品”乡村文化空间。	慈溪市倡隆村
4	产业融合型	基于乡村独特的自然禀赋和人文资源，引入文化产业新业态，并使其契合乡村整体的发展，成为乡村发展新的支撑点。	安吉县上墅村
5	乡风和美型	突出文艺的“引领性”“示范性”，以文铸魂，有效结合乡风文明、乡村治理，传精神、树新风、促和谐，促进新时代乡村文化繁荣建设。	江山市大陈村

后　记

在“八八战略”指引下，之江大地发生精彩蝶变。秉承浙江精神，浙江的文艺家和文艺工作者发挥所长，用文艺点亮村民精神，满足村民精神需求，增强村民精神力量，推动农村走向精神富裕之路。在多年的实践中，浙江创造出各式各样的艺术乡建模式，从物质和精神两个层面惠及千万百姓，但也遇到“成长中的烦恼”，需要加强理论研究，进一步推动艺术乡建工作再上新台阶。首届“艺术乡建助推共同富裕”研讨峰会正是在这样的考虑下举办的。

2023年3月，由中国文联理论研究室、中共浙江省委宣传部指导，浙江省文联、浙江省乡村振兴局主办，浙江省评协、中共湖州市委宣传部、湖州市乡村振兴局、湖州市文联、中共长兴县委宣传部、长兴县文联共同承办的研讨峰会在湖州长兴举办。举办过程中，除了专家的理论思考、实践者的实践分享，还实地参观考察了长兴县石泉村等代表性的艺术乡建项目，使理论思考和社会实践紧密结合。

本书正是研讨峰会的成果。全书分为两部分。第一部分是特邀专家对于艺术乡建的思考。第二部分是10个代表性案例的介绍。10个案例代表10个不同的艺术乡建类型。我们希望通过理论和实践结合的方式，给各地的艺术乡建工作带来启发。